파란나라

이음희곡선

파란나라

김수정

 이음

일러두기

- 이 희곡은 2016년 11월 16일부터 27일까지
  남산예술센터에서 초연되었다.
- 이 희곡은 1967년 미국 캘리포니아 주 큐버리 고등학교에서
  일어난 '제3의 물결'(The Third Wave) 실험에서 모티프를 얻어
  쓰인 것으로, EBS 지식채널e 〈환상적인 실험〉(2010년 10월
  18일, 25일 방영)을 참고했음을 밝힌다.

차례

때
2016년의 어느 때

곳
한국, 경기도의 남녀공학 고등학교 일 학년 교실의 안과 밖.
영화반 시에이(CA).

등장인물
이종민   남, 34세. 담당과목 세계사, 기간제 교사,
         영화반 시에이 담당. 경상도 사투리를 씀.
박경찬   남, 43세. 담당과목 체육, 창의적체험활동
         지도부장 교사. 이종민의 대학 선배.

김진태   남, 17세. 대학이 유일한 목표이며 보수적인
         성향을 가진 공부 잘하는 학생.
김정화   남, 17세. 공부도 잘하고 놀기도 잘하는 학생.
홍승안   남, 17세. 전라도에서 전학 온 학생으로 아직 적응
         단계에 있음. 정화와 같은 반.
하재성   남, 17세. 싸움도 잘하고 놀기도 잘하는 학생.
         박학다식함.
김두진   남, 17세. 놀기도 잘하고 말도 많은 학생.
권주영   남, 17세. 집이 잘살아 아이들에게
         늘 먹을 것을 사주는 호구 같은 학생.
이창현   남, 18세. 늘 껌을 가지고 다니며
         아이들에게 나누어 줌. 일명 껌돌이.

박세인   여, 17세. 공부도 잘하고 예쁘기도 한 완벽녀.
         전라도 사투리를 씀.
이은정   여, 17세. 공부만 하는 기계 같은 학생.
         전교 일 등. 아이들 중 아무도 건드리지 못함.

전수빈 여, 17세. 세인과 같이 다니지만 공부를 잘하지도,
       잘 놀지도 못하는 학생.

양정윤 여, 17세. 자신을 꾸미는 것을 좋아하고
       잘 노는 학생.

박미르 여, 17세. 정윤과 함께 다니며 잘 노는 학생.
       정윤에 대한 피해의식이 있음.

김보경 여, 17세. 정윤, 미르와 함께 다니며
       남자를 좋아하는 학생.

김선기 여, 17세. 가장 평범하지만 관심 받고
       싶어 하는 학생. 큰 웃음소리를 가지고 있음.

강지연 여, 17세. 남자 아이돌에 빠져 있는 빠순이.

김형준 남, 17세. 노는 걸 좋아하는 학생. 합기도부.

이태영 남, 17세. 노는 걸 좋아하는 학생. 말이 많음.

그 외 다른 학생들.

1장

낮. 학교 옥상.

벤치 옆에 담배꽁초 항아리가 놓여 있다. 이선생이 걸어 나와 벤치에 앉아 담배를 핀다.

홍승안	(목소리만) 세상에 성공하고 싶지 않은 사람이 있을까? 모든 것이 끝나고, 우리 모두는 침묵했다. 그것은 평생 가지고 갈 슬픈 비밀이었다.
김두진	(밖에서) 그러니까 병신아, 영화반 오라니까.
이태영	아! 씨발. 너네 말 들을 걸.
권주영	좆나 개널널해.
김형준	선생, 좆나 호구라며?
하재성	개병신이야. 좆밥 같은 새끼.
김정화	야. 하재성. 내가 그렇게 말하지 말라니까.
김두진	담배 하나 줘봐. (들어와서 이선생을 발견하고) 선생님. 안녕하세요.
아이들	안녕하세요.
이선생	내가 여기서 담배 피지 말라고 했지?
아이들	죄송합니다.
김두진	그런데 선생님! 여기 아니면 필 데가 없어요.

9

권주영	교실에서 필까요?
이선생	됐다, 이 새끼들아. 빨리 피고 내려오거나 해. 다른 선생님들 오시기 전에.
아이들	감사합니다.
이선생	하재성. 오늘 시에이(CA) 끝나고 면담하는 거 잊지 말고.
하재성	선생님. 죄송한데요, 오늘 제가 몸이 좀 안 좋아서요 ….
이선생	너 이 새끼야. 너는 왜 면담할 때마다 몸이 안 좋냐?
하재성	죄송합니다.
이선생	아무튼 너 면담 필수야. 잘리기 싫으면 면담 나와. 나 더 이상 커버 못 친다.
하재성	네, 노력해 볼게요.

이선생, 나간다. 아이들, 담배를 핀다.

하재성	좆밥 같은 새끼.
김형준	저 새끼 좆나 불쌍하지 않냐?
이태영	교장한테 까이고, 선생들한테 따 당하고.
김두진	우리 담임이 저 새끼 좆나 호구래.
권주영	우리 엄마가 그러는데 학교 병신 같은 데 나와서 따 당하는 거라던데?
김정화	그게 아니라, 교장이랑 다른 학교 출신이라서 그런 거야. 우리 학교에 저만한 선생이 ….
하재성	어쨌든 씨발, 학교가 썩었어. 좆 같아. 선생들이 좆나 개병신들이니까. 담배나 줘.

전환.

2장

낮. 교실/복도. 게임 1주차.

둥글게 배열되어 있는 책상. 아이들이 들어와 하나둘씩 책상에
앉는다. 보경이 휴대전화로 음악을 틀고 미르가 춤을 춘다.
정윤은 화장을 한다. 진태와 세인은 앉아서 공부를 하고
그 사이에 수빈이가 앉아서 세인을 바라본다. 전학생 승안은
눈치를 보고 있고 선기는 승안에게 말을 건다. 창현은 책상에
앉아 멍하니 있고 지연은 병적으로 휴대전화를 보고 있다.
미르가 춤을 추는데 보경이 흥분해서 방해를 하자 춤을 끊으며,

박미르	미친 개병신 같은 년아. 방해하지 말랬지?
김보경	미안, 미안.
박미르	(친절하게) 정윤아, 어땠어?
양정윤	그게 춤이냐?

정윤, 나와서 춤을 춘다. 대단히 잘 춘다. 놀라는 아이들.

김보경	이야, 역시 양정윤. 박미르보다 훨씬 잘 춘다.
양정윤	당연하지. 박미르! 내가 그 정도 가지고 어떻게 널 회사에 소개시켜 주냐? 쪽팔리게.
박미르	어, 알았어. 더 잘할게.

김선기	(지나가면서 혼잣말로) 나도 양현석
	잘 아는데.
양정윤	(입술의 틴트 컬러를 애들에게 보여 주며)
	어때?
박미르	씨발. 좆나 예뻐.
김보경	정윤아. 좆나 예뻐. 좆나 예뻐.
박미르	아, 맞다. 우리 언제 너네 회사 구경 가?
김보경	정윤아. 너 어제 지디랑 촬영했다며.
박미르	완전 대박. 뭐 사진 찍은 거 없어?
양정윤	(휴대전화를 꺼내 보여 주며) 여기.
김보경	완전 대박. 개잘생겼다.
박미르	완전 쩐다. 역시 연예인이야!
양정윤	아, 맞다. (틴트를 집어 들고) 나 이거
	버릴 건데, 가질래?
미르·보경	응. 완전 대박.

정윤, 틴트를 던진다. 선기와 보경은 달려가서 줍고,
미르는 달려가다 중간에 멈춘다.

김보경	(선기에게서 틴트를 뺏으며) 완전 대박.
	나 갖고 싶었던 건데.
박미르	미친 개병신 같은 년아. 내놔. (틴트를
	뺏고 정윤에게) 고마워. 정윤아.
	넌 진짜 짱이야.
김보경	정윤이 짱. 짱.
박미르	따라하지 말라고! 미친 개병신 같은
	년아.

그때 들어오는 재성, 두진, 주영, 정화.

하재성	양정윤, 또 자랑질했냐?
양정윤	관심 있으면 말로 해라.
하재성	지랄을 한다.
김보경	(달려가며) 두진아, 두진아!
김두진	(밀어내며) 나 지금 더워. 떨어져 줄래?
김보경	어, 미안, 미안.
김정화	(승안을 소개하며) 얘들아. 얘야, 홍승안. 우리 반에 전학 온 애.
하재성	전라도에서 왔다고?
김두진	너 당구 좆나 잘 친다며?
홍승안	응. 좀 쳐.
하재성	(관심을 보이며) 잘 지내보자.
권주영	(재성 옆자리에 앉은 승안을 밀어내며) 비켜. 병신아. 여기 내 자리야.
하재성	주영아. 나 물 좀.
권주영	(황급히 물을 꺼내 주며) 어, 여기.
김두진	(창현에게) 형! 껌.

창현은 껌을 꺼내 두진에게 주고, 보경은 창현에게 가서
껌을 가져와 미르와 정윤에게 준다.

김정화	야. 김두진. 작작 좀 해라. 창현이 형네 집이 무슨 껌 공장도 아니고.
김두진	왜, 얘가 지네 집이 껌 공장이라고 했어. 맞지?

창현, 고개를 끄덕이며 재성, 두진, 주영, 정화의 몸에
페브리즈를 뿌려 준다. 두진이 승안에게 껌을 전해 주자,

| 권주영 | (승안을 때리며) 깝치지 마. 씨발 놈아. |

| 김두진 | (주영을 때리며) 너나 깝치지 마.
| | 씨발 놈아. |

자리로 돌아가는 주영과 승안. 세인이 은정에게 다가간다.

| 박세인 | (부탁하듯) 은정아. 혹시 모의 답안 좀
| | 빌려줄래? |
| 이은정 | (답안을 넘겨주며) 응. 여기. |
| 박세인 | 고마워. (자리에 돌아오면서) 아이씨,
	짜증나. 김정화. 담배 냄새!
김정화	어, 미안.
박세인	너 수학 과외 누구야?
김정화	난 안 해도 잘하는데?
박세인	(웃으며) 뭐야! 나 아무래도 수학 과외
	바꿔야 할 것 같아.
김정화	왜?
박세인	나랑 좀 안 맞는 것 같아.
김진태	내 수학도 꽤 괜찮은데.
박세인	진짜? 어디 출신인데?
김진태	서울대.
박세인	정말? 그럼 소개시켜 줄래?

세인이 휴대전화를 진태에게 넘기려고 하자, 정화가 세인의
전화를 빼앗는다. 전화를 가지고 장난치는 두 사람.
소외 받는 진태와 수빈.

| 전수빈 | 세인아. 물 떠다 줄까? |
| 박세인 | (방긋 웃으며) 고마워. 수빈아. |

수빈, 텀블러를 들고 달려 나간다.

진태는 다시 공부를 하기 시작한다.

김두진	권주영. 나 배고파.
권주영	매점 갔다 올까?
김두진	빨리 가. 씹새야. (주영을 막으며) 잠깐! 들어봐. 너 신발 바꿨다?
권주영	어. 이거 엄마가 ….
김두진	야! 씨발 이거 좆 되는데? 한번 신어 봐도 돼?
권주영	(신발을 벗어 주며) 어, 여기.
김두진	너보다 나랑 더 잘 어울리는데? 빌려줄래?
하재성	미친 새끼야. 작작해.
김두진	(재성에게) 아, 왜. (주영에게) 싫어?
권주영	(잠시 생각하다) 아니, 괜찮아. 나 또 엄마한테 사달라고 하면 돼.
김두진	역시 권주영! 잠깐 신고 돌려줄게.
권주영	어, 알았어.
김두진	(신발을 자랑하며) 전학생! 이거 어때?
홍승안	어, 완전 괜찮은데?
권주영	(승안을 견제하며) 조용히 해. 미친놈아.
김정화	김두진, 씹쓰레기 새끼.
김두진	뭘 또 그러시나. 이게 바로 사업이라는 거야. 비즈니스. 이 형아가 또 동대문계의 떠오르는 비즈니스맨 아니냐.
김정화	자랑이다. 병신아.
김두진	자랑이지, 씨발 놈아. 우리 보경이. 일로 오세요.
김보경	(두진에게 달려가 안기며) 어, 어, 보경이 달려가요.

박미르	김두진. 너 또 따먹었냐?
김두진	뭘 또 그렇게 말씀하시나?
	오빠 신발 어때요?
김보경	완전 멋져. 완전 멋져.
박미르	(보경에게) 걸레 같은 년아. 함부로
	대주고 다니지 말랬지?
하재성	야, 야. 입이 너무 걸다.
양정윤	김두진, 멍청한 애 좀 작작 갖고 놀아라.
김두진	노는 거 아니거든요? 진심을 다하는
	거임.
박미르	지랄을 한다. 김보경! 일로 안 와?
김보경	응, 응. 알았어, 알았어.

보경, 자리로 돌아가고 수빈이 들어온다. 수업 종이 울리고
이선생이 교실로 들어오지만 아이들은 계속 떠든다.

이선생	애들아, 수업 시작하자. (사이) 애들아!
김정화	(큰 소리로) 애들아. 선생님 오셨어. 앉자.

그제야 천천히 각자의 자리로 돌아가 앉는 아이들.

이선생	반갑다. 이제 두 번째 시간이네.
	수업 시작하기 전에 너네의 의견을
	물어볼 게 있는데 ….
김정화	뭔데요?
아이들	뭔데요?
이선생	(확신 없이) 너네 학교 홍보 영상
	한번 찍어 볼래?

아이들, 야유를 보낸다.

하재성	그딴 걸 왜 찍어요? 피곤하게.
김두진	좆나 씨발, 우리가 좆밥도 아닌데.
이선생	내가 찍자고 하는 게 아니라 ….
김정화	또 교장이 푸시 했죠?
하재성	교장 대머리 새끼.
김두진	또 돈 안 쓰려고 대가리 굴리네.
권주영	내가 돈 좀 줄까? 교장한테?
김두진	돈 자랑 하지 마라. 병신아.
권주영	어, 미안해.
양정윤	선생님. 전 찍어도 되는데 아마 회사에서 허락 안 해줄 걸요?
미르 · 보경	맞아요. 맞아요.
박미르	(보경에게) 따라하지 마, 씨발 년아.
김선기	(크게 웃으며) 그러니까 선생님! 힘을 좀 기르세요.
양정윤	맞아요. 선생님. 좆나 불쌍해요. 맨날 교장한테 혼나고, 까이고.
김진태	선생님. 저는 찍으면 좋겠는데요?
박세인	동의합니다. 그거 생기부에 들어가죠?
전수빈	저도요.
김두진	미친! 찍으려면 너네끼리 찍어. 이 생기부 기생충들아.
권주영	너네 또 상점 받고 싶어서 그러냐?
김정화	왜, 찍어도 재밌을 것 같은데. 지연아. 너가 촬영할래?
강지연	(소리 지르며) 나는 우리 방탄 오빠들 말고는 절대 촬영 안 해!
김두진	니 얼굴이 방탄이다.

지연, 책상에 엎드리고 그런 지연을 보며 비웃는 아이들.

이선생　　　그래. 됐다. 됐어. 조금 더 생각해 보자.

아이들, 떠든다.

이선생　　　얘들아. 숙제 했어? 너네 보기는
　　　　　　본 거야? 〈인생은 아름다워〉? 얘들아!
박미르　　　선생님, 저 그거 중학교 때 봤어요.
김보경　　　나도, 나도.
박미르　　　조용히 해. 미친년아.
김두진　　　선생님, 오늘 좀 일찍 끝내 주시면
　　　　　　안 돼요?
이선생　　　왜?
김두진　　　저희가 오늘 중요한 약속이 있어서요.
권주영　　　(소리 지르며) 맞아요. 당구장가요.
김정화　　　아, 맞다. 선생님. 홍승안이 당구 좋나
　　　　　　잘 친데요.
이선생　　　그래. 승안이. 승안이는 전학 온 친구다.
　　　　　　정화랑 같은 반이지? 자기소개 한번
　　　　　　해볼래?
홍승안　　　안녕하세요, 전라도 광주에서 온
　　　　　　일 학년 오 반 홍승안이라고 합니다.
　　　　　　잘 부탁 드립니다.
김두진　　　야! 광주에도 맥도날드 있냐?
이선생　　　박수! (사이) 그래, 승안이, 잘 따라오고!
　　　　　　자. 집중하자. 다시 확인해 볼게.
　　　　　　우선 〈인생은 아름다워〉 본 사람?

은정, 진태, 정화, 세인, 수빈, 지연, 창현이 손을 든다.

이선생	그럼 나머지는 안 본 건가?
하재성	그거 안 본 사람이 어디 있어요.
권주영	나 안 봤는데.
김두진	닥쳐. 병신아.
이선생	좋다. 그럼, 우선 봐온 사람들 어땠는지 자유롭게 토론해 볼까?

은정, 진태가 손을 든다.

이선생	은정이.
이은정	독일의 바이마르 공화국부터 시작하여 당시 독일의 인플레이션 현상과 정치적 반동 상황을 통해 현 한국 상황과 결부시켜 생각해 볼 수 있는 기회였습니다. 독일 나치당의 독재, 전체주의 현상과 관련된 대중의 우둔함에 대해서도 상기시킬 수 있는 기회였습니다.
이선생	그래, 은정이에게 박수. 다음은 진태.
김진태	이 작품은 독일인의 유태인 학살을 다룬 영화 중에 단연 최고가 아니었나 싶습니다. 벌써 이십 년이 넘은 영화지만 그 안을 자세히 들여다보면 캐릭터 연출 그리고 배우와 감독이 하나가 되어 흥미를 유발해 내는 센시티브한 면까지 뭐 하나 흠잡을 수 없는 훌륭한 영화라고 생각됩니다. 이 영화가 나에게 전하는 메시지가 과연 무엇일까? 그러니 이런 결론이

나오더라고요. 인생은 B와 D 사이의
C다. 다시 말해 Birth와 Death 사이의
Choice라는 것이죠.
결국 제 인생의 출발점이자 선택이 되는
그곳, 바로 그곳은 신방과라는 것을
다시 한 번 상기시킬 수 있었습니다.
이상입니다.

이선생   그래, 진태에게 박수. 자, 다음.

세인이 손을 든다.

김정화   (아이들을 조용히 시키며) 야! 세인이
                발표한다.
이선생   그래, 세인이.
박세인   〈인생은 아름다워〉에서 인생은 아름답지
                않게 그려졌다고 생각합니다. 오히려
                현실을 부정하는 듯한 아버지의 행동들은
                희망 고문 같이 느껴졌습니다. 물론
                상황이 이해는 됐지만 현실을 직시하게
                만드는 교육이 지금 이 시대에는
                절실한 게 아닐까 생각했습니다.
양정윤   전라도 촌년아.
미르 · 보경   홍어 냄새 난다.
김정화   내가 하지 말라고 했지?
전수빈   하지 마!
이선생   그리고 보니까 세인이랑 승안이가 같은
                전라도 출신이네. 서로 알았니?
박세인   선생님은 부산 사람 다 알아요?
김두진   선생님, 저는 서울 사람 다 알아요.
이선생   그래, 그래. 창현이는 어떻게 봤니?

김두진	선생님. 저 새끼 일베 해요.
김보경	선생님! 질문 있어요! 그런데 독일인들이 유태인을 왜 죽였어요?
박미르	병신아. 싫었으니까 죽였겠지.
김보경	왜 싫어했는데?
김정화	유태인들이 자기 땅도 아닌 데서 졸부가 돼서 빡친 거.
김보경	헐, 그럼 유태인이 잘못했네.
김두진	권주영. 돈 자랑하면 뒤지는 거야. 알겠냐?
박미르	어, 잠깐. 그러면 히틀러가 왜 나쁜 건데?
김진태	선생님. 그런데 히틀러 얘기는 토론하기에 너무 진부한 주제 아닌가요?
이선생	과연 그럴까? 히틀러는 유태인을 열등한 인종이라고 사람들을 선동하고 굉장히 많은 유태인들을 죽였어. 한 인종을 말살하려고 한 거지. 그런데 지금도 히틀러는 살아 있다.
양정윤	헐, 대박. 미쳤나 봐, 선생님.
하재성	선생님, 너무 가신 것 같습니다.
이선생	과연 그럴까?
김정화	저는 지금도 히틀러는 살아 있다는 의견에 동의합니다. 홀로코스트는 ….
권주영	홀로코스트가 뭐야?
김선기	롤러코스트!
강지연	멍청아. 대학살. 네이버 찾아봐.
김두진	너네 영화 〈홀로코스트〉 봤어? 나 그거 케이블에서 봤는데 좃나 대박 쩜. 막 다 뒈져. 툭툭. 〈부산행〉 같음.

21

권주영	헐 대박. 나도 볼래.
이선생	두진이는 그게 재밌었니? 두진이도 그중 한 사람이 될 수 있을 거란 생각은?
김두진	(사이) 그런 일 일어나면 완전 좋죠. 학교도 안 가도 되고, 공부 안 해도 되고, 대학 안 가도 되고. 계속 완전 스릴 넘치게 도망 다니면 되잖아요. 유태인도 학교 안 갔을 걸요?
아이들	(환호하며) 홀로코스트! 홀로코스트! 홀로코스트!
김정화	(소리를 높여) 조용히 해. 이 멍청한 새끼들아!
박세인	영화가 감동적이기는 했지만 저도 진태와 마찬가지로 이 토론은 진부할 것 같습니다. 세계사 시간에 지겹게….
양정윤	선생님! 우리 옛날 영화 말고 요즘 영화 보면 안 돼요? 트렌드에 너무 안 맞는 거 같은데….
하재성	너 트렌드 스펠링은 아냐?
양정윤	선생님! 저 히틀러랑 사귀고 싶어요. 완전 매력 짱!
김보경	진짜? 나도, 나도!
박미르	걸레 같은 년아. 너는 그냥 김두진 같은 새끼한테나 따먹혀.
김두진	왜 또 날 걸고 넘어지는데?
김진태	(소리를 높이며) 나치즘, 파시즘, 제국주의와 관련된 전체주의는 저번 기말고사 서술형 문제였습니다.
이선생	과연 교과서에서만 나오는 이야기일까?

지금은 불가능할까?

강지연　　사람 태우고 죽이고 그러는 거요?

하재성　　고등학생들 물에 수장시키기도 하는데
　　　　　못할 건 없을 것 같은데요?

이선생　　(사이) 그 이야기는 너무 간 것 같다.

하재성　　뭘 너무 가요, 선생님. 저희도 알 건
　　　　　다 압니다.

이은정　　지금 일어나고 있지 않나요, 박씨 가문?

하재성　　완전 피곤하다. 또 그런 얘기로
　　　　　넘어가자는 거야?

김두진　　제발 다시 박정희 시대가 왔으면
　　　　　좋겠습니다. 그래야 경제가 살지.

양정윤　　김정일! 김정일하고 히틀러하고 좆나
　　　　　친할 거 같지 않아?

하재성　　입 좀 다물어라. 깡통 같은 년아.

박세인　　민주주의 사회에선 독재자가 나오기
　　　　　힘들지 않을까요? 우리는 삼권분립에
　　　　　기초하여 권력이 한 사람에게 집중되는
　　　　　것을 방지했으니까요.

김진태　　현대 자본주의 사회에서는 집단의
　　　　　문제보다 개인이 어떻게 생존하느냐가
　　　　　더 주된 화두라고 생각합니다. 그러므로
　　　　　독재자도 등장할 수 없고 홀로코스트도
　　　　　불가능하다고 생각합니다.

김두진　　미친 씨발. 암 걸릴 것 같다.

김정화　　인간은 집단 없이 생존할 수 없습니다.
　　　　　집단 내 권력은 개인에게 침묵을
　　　　　강요하죠. 그러므로 저는 집단이
　　　　　존재하는 곳에서는 언제나 독재와
　　　　　홀로코스트가 가능하다고 생각합니다.

요즘 한국의 사태에서도….

김진태　　우리는 과거의 잘못을 반복하지 않기
　　　　위해 역사를 배웁니다. 그래서….

김정화　　일베는? 양심적 병역 거부를 비난하는
　　　　사람들은? 연예인 마녀사냥은 어떻게
　　　　설명할 건데?

하재성　　야! 김진태. 너는 정말 그런 일이
　　　　반복되지 않을 거라고 확신해?

김두진　　재성아. 나 암 걸릴 것 같아.
　　　　제발 그만해 줘.

권주영　　선생님, 대가리 터질 것 같아요.
　　　　다른 얘기하면 안 돼요?

아이들, 흥미를 잃고 떠들기 시작한다. 그런 아이들을 지켜보는
이선생. 그때 갑자기 지연이 손을 들고

강지연　　선생님. 잠깐 화장실 좀….

그때, 박선생이 교실 문을 두드리고 이선생에게,

박선생　　이선생. 잠깐만.
이선생　　잠깐 쉬자.

좋아하며 교실을 나가거나 쉬는 아이들. 박선생을 따라
복도로 나가는 이선생.

박선생　　이선생, 수업 중에 불러내서 미안한데
　　　　방금 부장 회의에서! (한숨을 쉬고)
　　　　아니, 이 새끼야. 자꾸 수업에서
　　　　헛소리할래? 누군 몰라서 너처럼 위대한
　　　　교육자 안 하는 줄 알아?

이선생	내가 틀린 말 하는 건 아니잖아요!
박선생	언제 철들래, 언제 철들어, 응?
	애들 생각 말고 네 앞가림이나 똑바로
	해. 그냥 학교에서 시키는 일이나 똑바로
	하라고! 너 이번 학기가 마지막일 수도
	있어, 인마. 내가 얼마나 더 커버 쳐줘야
	하냐?
이선생	그게 선생이 할 짓이에요?
박선생	우리가 선생이냐, 우리가 선생이야?
	우린 직장인이라고, 인마. 정신 똑바로
	차리고 교장이, 네 직장 상사가 시키는
	학교 홍보 영상이나 좀 제대로 찍어!
	윽박을 지르든, 아부를 하든, 애들
	잘 구슬려서. 뭐 성과가 나와야
	나도 할 말이 있지. 제발 좀 꿈이니,
	교육이니, 자유니, 헛소리 좀
	집어치우고!
이선생	형, 진짜 많이 변했다.
박선생	"세상 모든 것은, 변화하고 발전한다."
	일 학년 역사연구회 첫 세미나에서
	네가 했던 말이야. 난 그 변화에
	부응해서 부장 교사가 됐고, 너는 변화를
	거부해서 아직도 기간제 교사 아니야.
	철 좀 들어라! 내년에 재계약 안 하고
	싶어? 성과 좀 내라고! 너 진짜 위험해,
	인마! 경고했다.

박선생, 간다. 혼자 남은 이선생. 이선생 앞을 인사 없이
지나가는 학생들.

전환.

3장

낮. 교실. 게임 1주차.

앞 장과 이어진다. 휴대전화로 포르노 영상을 함께 보고 있는
재성, 두진, 정화, 승안. 그 옆에 서서 눈치를 보는 주영.

권주영	(갑자기) 두진아. 그런데 그 신발, 내가 다른 신발로 바꿔 주면 안 될까?
김두진	(사이) 전학생, 어떻게 생각해?
권주영	그거, 엄마가 사 준 건데 아무래도 혼날 것 같아서….
김두진	(주영에게 화를 내며) 미친 새끼. 장난하냐. 장난해?
권주영	아니, 그런 게 아니라….
김정화	그냥 줘. 두진아.
김두진	이거 아까 이 새끼가 나 빌려 준다고….
하재성	네가 거지냐? 남에 거 빌려 신고?
김두진	(신발을 벗어 주영에게 던지며) 씹새야. 가져라. 씨발.
권주영	화났어? 미안해.
김두진	꺼져. 씹새야.
하재성	아이고, 우리 두진이. 삐쳤어요?
전수빈	(세인에게) 세인아, 물 떠다 줄까?
박세인	아니야. 괜찮아.

다시 교실로 들어오는 정윤, 미르, 보경. 자리에 일어나
반갑게 아이들을 맞이하는 선기. 이후 지연도 들어온다.
이선생도 교실로 다시 들어와 떠드는 아이들을 바라본다.

이선생	(무언가를 결심한 듯) 자, 자! 집중, 집중! 애들아! 우리 뭐 좀 해볼까?
김정화	조용히 해, 애들아. 뭔데요?
이선생	우리, 게임을 한번 해보는 것은 어떨까?

사이.

김정화	무슨 게임인데요?
이선생	체험을 통한 역사 학습!

싫어하는 아이들.

이선생	수업이 아니라 게임을 해보자는 거야. 너네 노는 거 좋아하잖아.
이은정	선생님. 저 이은정입니다. 제가 여기 왜 들어왔는지, 교장 선생님께 못 들으셨나요?
김진태	선생님. 홍보 영상 안 찍으실 거면 계속 영화 보고 토론이나 하시죠.
박세인	동의합니다.
이선생	너네 숙제도 제대로 안 해오고, 토론해도 재미없어 하고, 영상도 찍기 싫어하잖아. 그래서 방향을 바꿔 게임을 해보자는 거야.
이은정	저는 그냥 조용히 공부하고 싶은데요?
김정화	선생님! 자세히 설명해 주세요.
이선생	아까 진태가 과거의 잘못을 반복하지

않기 위해 역사를 배운다고 했지?
그렇다면 역사에 공백은 없을까?
역사를 안다고 해서 다 아는 걸까?
우리는 과거의 잘못을 반복하지 않을까?
독재와 전체주의를 주제로 체험을 통한
역사 학습을 해보자는 거야. 일종의
실험이지.

싫어하는 아이들.

이선생   지금부터 약 네 번에서 다섯 번 정도의
              수업 대신 진행할 예정이고, 만약 너네가
              이 게임에 참여할 경우 게임이 진행되는
              동안, 이 시에이 시간을 한 시간씩 일찍
              끝내 주겠다.

환호하는 아이들.

김두진   선생님, 안 짤려요?
권주영   그러다 짤리면 어떻게 하시게요?
김진태   선생님, 저는 게임 하기 싫습니다.
양정윤   닥쳐! 나는 하고 싶은데?
미르 · 보경   나도. 나도.
이은정   여기는 영화반입니다.
김진태   그냥 영화 보고 토론이나 진행하시죠.
박세인   동의합니다. 게임 하면 소란스러워질 것
              같은데요?
양정윤   너가 더 시끄러워. 병신아!
이선생   이 게임에 참여하기 싫은 사람 손들어
              볼래?

은정, 진태, 세인, 수빈이 손을 든다.

이선생　　　게임에 참여하고 싶은 사람?

정화, 정윤, 미르, 보경, 선기, 두진, 주영이 손을 든다.

이선생　　　좋다. 그럼 절반 이상이 게임을 하고
　　　　　　싶다는 의사를 보였으니 우리 영화반
　　　　　　시에이에서는 당분간 게임을 진행하도록
　　　　　　한다.
김진태　　　선생님!
이선생　　　좋다. 진태가 만약 게임에 참여하고 싶지
　　　　　　않으면 뒤에 나가 서 있는 것은 어때?
김두진　　　선생님! 진태 엄마한테 혼나요.
이선생　　　다수결의 원칙에 따라 게임을 하기로
　　　　　　결정을 했는데 동의하지 않는다면
　　　　　　나가 줬으면 좋겠다.
김진태　　　(어이없어 하며) 지금 저한테 나가
　　　　　　서 있으라고 하신 거예요?
이선생　　　너라는 개인이 계속 거기 앉아 있으면
　　　　　　우리들에게 방해가 되니까. 벌점 받고
　　　　　　싶나?

아이들, 환호한다.

박세인　　　진태야, 우선은 해보자.
김진태　　　(사이) 일단은 참여해 보겠습니다.

야유를 보내는 아이들.

김두진	야. 김정화. 네 여친 관리 좀 잘해야겠다.
김정화	알아서 할게요. 김두진아!
이선생	어쨌든 다수가 동의했으니 게임을 시작한다. 우선 독재에 대해 자세히 이야기해 보자. 독재에는 어떤 요소가 가장 중요하지?
양정윤	(장난으로) 히틀러!
이선생	그렇지! 상징성을 가진 리더가 필요하다. 정윤에게 박수!

박수 받는 자신에게 놀라는 정윤.

이선생	우리 중에 누가 그런 리더가 될 수 있을까?
김두진	하재성이오.
박미르	양정윤을 추천합니다.
전수빈	박세인을 추천합니다.
박세인	김정화를 추천합니다.
김정화	(아이들을 집중시키며) 얘들아, 내 생각에는 선생님이 하시는 게 어떨까 싶은데?
이선생	(당황하며) 내가?
김정화	게임을 제안하신 분이 선생님이니 규칙을 제일 제대로 아실 것이고, 무엇보다 저희는 학생이잖아요. 선생님이 가장 적합하지 않을까요? 그렇지 않아, 얘들아?

정화의 말에는 동의하는 아이들.

이선생	좋다. 그러면 내가 너네의 리더가 되는 것에 반대하는 사람 있으면 손들어 볼래? (사이) 좋아. 그럼 이제부터 내가 너희들의 리더가 된다.
김두진	그럼 선생님이 우리 짱 되는 거예요?
이선생	짱까지는 좀 그렇고. 뭐, 나를 다르게 부를 수 있는 것 없을까? 리더 같은 것 말고 조금 더 존경을 표할 만한 단어로!
아이들	형! 이종민 오빠! 대통령!

주영이 창현의 옆구리를 찔러 손을 들게 한다.

이선생	그래, 창현이. 말해 봐.
이창현	(당황하며 작게) 대장님.
김두진	뭐?
이창현	대장님.
권주영	(창현을 때리면서) 크게 말해 병신아.
이창현	(크게) 대장님.
아이들	(비웃으며) 신부님, 수녀님, 예수님!
이선생	왜? 어때서? 좋지 않아? 대장님? 창현에게 박수!

아이들, 어이없어 하며 성의 없이 박수를 친다.

하재성	(비아냥거리며) 선생님하고 아주 잘 어울립니다.
양정윤	뭐가 잘 어울려? 완전 병신 같은데.
박세인	지금까지 나온 것 중에서는 제일 나은 것 같네요.
양정윤	미친 씨발 년이!

이선생	좋다. 그럼 창현이의 의견을 수용하겠다. 그럼 지금부터 나를 대장님이라고 부른다.
김두진	대장 하고 싶어서 발정 났나봐.

아이들, 웃는다.

이선생	(소리를 높이며) 장난치자는 것 아니다. 수업의 일환이야. 진지하게 게임에 참여하자. (사이) 다 같이 나를 대장님이라고 부른다.
아이들	(성의 없게) 대장님!
김두진	(장난하듯) 좆나 병신 같아요. 뭔가 라임이 심심한데. 이종민 대장님! 어때요?
권주영	(장난하듯) 이종민 대장님! 괜찮은데?
이선생	좋다. 그럼 다 같이 외쳐 보자.
아이들	(재미있어 하며) 이종민 대장님! 이종민 대장님!
이선생	좋다. 그럼 독재에 또 필요한 요소는 무엇이 있을까?
강지연	폭력이오.
홍승안	감시!
김선기	(크게 웃으며) 스파이!
전수빈	(작게) 규율!
이선생	수빈이 더 크게 말해 볼래?
전수빈	규율이오!
김두진	(놀리며) 귤?
전수빈	(크게) 규율!
이선생	그렇지. 잘했다. 수빈아. 박수!

아이들은 수빈에게 박수를 친다. 수빈은 박수를 받는 것이
신기하고 기분 좋다.

이선생	독재에는 규율이 필요하다. 규율은 곧 권력을 동반한다.
김진태	법과 질서가 중요하다, 그것….
김정화	(진태의 말을 가로채며) 그것이 없다면 나라는 존재할 수 없다!
이선생	그렇다. 그것이 히틀러가 한 말이고 곧 이명박근혜 대통령이 주장하던 바였지.
하재성	뭐예요, 지금. 대통령 까고 놀자는 거예요?
이선생	아니, 나는 한국의 정치 상황을 끌어들일 생각이 전혀 없다.
김두진	(장난하듯) 나라가 망해 가고 있는데 우리 지금 계속 게임 해도 되나요?
이선생	우선은 철저히 독재라는 개념만을 생각해 보자. 독재가 등장하기 위해서는 어떤 사회적 구조가 필요한가?
김진태	높은 실업률과 인플레이션이오.
박세인	사회적 불평등 구조요!
하재성	결국은 지금 한국하고 다를 것이 없는 것 같은데요?
이선생	재성이는 지금 한국을 어떻게 생각하는데?
하재성	뭘 어떻게 생각해요? 좆같은 거 아시잖아요.
김두진	좆나 좆같죠. 씨발. 헬조선.
이선생	좋아. 그렇다면 왜 좆같을까?

34

김두진	좆같으니까….
이선생	(화를 내며) 너네는 매일! 뭐든! 좆같다고만 하지. 그런데 왜 좆같은 걸 알면서도 가만히 있기만 하지?
김두진	(기분 나빠하며) 그럼 뭘 어떻게 해요?
권주영	좆같으면 그냥 좆같은 거죠.
이선생	제발 생각을 하고 말을 해, 얘들아! 어디서 주워들은 말들, 너네의 말이 아니야! 대체 뭐가 좆같아? 뭐가 불만이냐고! (사이) 좋아. 한 사람씩 돌아가면서 이야기한다. 이건 명령이다, 대장으로서의 명령! 우선 박미르부터!
박미르	일등만 눈에 보이잖아요.
양정윤	저는 제가 예쁜 게 불만이에요.
김보경	이런 거 왜 해요?
김두진	화장실 갔다 와도 돼요?
하재성	관심 없습니다.
권주영	산다는 게 불만입니다. 너무 피곤해요.
김두진	이창현. 패스! 선생님, 화장실 갔다 와도 돼요?
홍승안	대학이 인생의 기준점이 되는 게 불만입니다.

선기, 크게 웃는다.

강지연	(화를 내며) 우리 방탄 오빠들 욕하는 애들, 죽여 버리고 싶습니다. 방탄 소년단!
이은정	불만 없습니다.
김정화	솔직히 돈 많은 애들 여기 있지

	않잖아요. 다들 외국에 가 있지.
	어차피 우리 인생은 다 정해진 것
	아닐까요? 어차피 우리는 안 될 텐데!
	꿈이 없는데 꿈을 찾으라고 강요하는 게
	불만입니다.
박세인	어차피 다들 공무원 되라고 하는 거,
	학교 정규 과목에 공무원 시험 없는 게
	불만입니다.
전수빈	불평등이오.
김진태	저는 지금이 불만스럽습니다.
이선생	좋다. 그럼, 질문을 바꿔 본다. 너네는
	어떤 세상, 어떤 나라에 살고 싶니?
김두진	이종민 대장님이 없는 나라요!
권주영	열심히 하면 성공할 수 있는 나라!
김보경	핸드폰 데이터 무제한인 나라요.
박미르	모두가 똑같이 생긴 나라요.
김두진	선생님. 전 나중에 돈 좆나 많이 벌어서
	피자빵 좆나 사 먹을 거예요.
김정화	학원 안 가도 되는 나라요.
박세인	생기부가 없는 나라요.
김진태	언론을 믿을 수 있는 나라에 살고
	싶습니다.
김정화	군대 안 가도 되는 나라!
홍승안	대통령이 대통령다운 나라에 살고
	싶습니다.
이선생	좋다. 그럼, 어떻게 하면 바뀔 수 있지?
김두진	군사혁명!
권주영	대통령이 바뀌어야 합니다.
박미르	정신을 바짝 차려야 합니다.
양정윤	핵전쟁!

김두진	부자가 세금을 좆나게 많이 내야 합니다.
김진태	그런데 이거 계속 하실 건가요?
김두진	일단 다 죽이고, 다시 생각해 봐야 합니다. 아이에스(IS)!
이은정	선생님! 언제쯤 조용히 해주실 거죠? 너무 시끄러운데요?
이선생	너네가 한 말들을 생각해 보자. 분명히 너희들은 문제를 인식하고 있다. 그런데 왜 바꾸려고 하지 않지?
양정윤	어차피 안 바뀌니까요.
김두진	다시 태어나면 됩니다!
박세인	바뀔 수 있다면 어른들이 먼저 하지 않았을까요?
이선생	왜지, 왜 그렇게 생각하지?
권주영	저희한테는 힘이 없잖아요. 맨날 나대지 말고 공부만 하라고 하고.
이선생	너희들은 절대 혼자가 아니다. 너희들은 함께 있다. 다만 하나가 되지 못할 뿐이다. 만약 우리들이 하나가 된다면? 한 팀이 되어 무언가를 함께 원한다면 힘이 생기지 않을까?
김두진	뭐예요? 선생님이 좆밥이라서 우리보고 팀이 되자는 거예요?
이선생	그래, 뭐 그럴 수도 있겠지? 내가 별로이기 때문에 너희에게 함께 하자고 하는 것일 수도 있다. 여기 성공하고 싶지 않은 사람 있나?
하재성	선생님. 좆나 성공하고 싶으시죠?
이선생	(강하게) 그렇다. 성공을 하고 싶은데 나는 약하다. 그래서 너희들과 함께

	훈련을 통해 힘을 모아 성공을 하고 싶다. 아닌 걸 아니라고 맞는 걸 맞다고 말하고 싶다.
김정화	좋습니다.
이선생	어떤가?
아이들	(건성으로) 좋아요.
이선생	좋다. 그럼 이제부터 본격적으로 우리가 하나가 되기 위한 게임을 시작해 보자. 다 같이 나를 따라 해보자. 훈련을 통한 힘의 집결!
아이들	훈련을 통한 힘의 집결!
이선생	목소리가 작다. 조금 더 크게!
아이들	(더 크게) 훈련을 통한 힘의 집결!
이선생	자, 그럼 이제부터 훈련을 통한 힘의 집결을 위해서 바른 자세로 앉기를 훈련해 보자.
김두진	선생님, 완전 짱나요. 이게 게임이랑 무슨 상관이 있어요?
이선생	게임 계속 할래, 수업 할래?
아이들	게임이오.
이선생	지금부터 내 말을 따르지 않는 학생들은 모두 교실 뒤에 나가 서 있는 처벌을 받도록 한다. 불만 있나? (사이) 없으면, 지금부터는 조금 더 진지하게 게임에 참여해 주면 좋겠다. 알겠지? (사이) 질문의 대답은 "네, 이종민 대장님!"
아이들	네. 이종민 대장님.
이선생	다 같이 척추 기립!
김두진	기립이 뭐예요?
박미르	허리 세우라고! 병신아.

이선생	따라 한다. 척추 기립!
아이들	(각자가 생각하는 바른 자세로 앉으며) 척추 기립!
이선생	등을 곧게 편다.
아이들	(등을 곱게 펴며) 등을 곧게 편다!
이선생	시선은 전방 주시!
아이들	시선은 전방 주시!
이선생	창현이 고개 들고! (사이) 턱은 당기고!
아이들	턱은 당기고!
김두진	(비아냥거리며) 대장님! 이걸 얼마나 해야 돼요?
이선생	수업 시간 내내.

아이들, 싫어한다.

김두진	완전, 이걸 어떻게 계속 하고 있어요?
이선생	수업 할래? 게임 할래? (사이) 다시 한 번 척추 기립!
아이들	척추 기립!
이선생	이렇게 바르게 정렬 자세를 취하니 기분이 어떠한가?
박세인	완전….
이선생	잠깐만! 이제부터 모든 이야기는 손을 들고 내가 발언권을 줄 때만 일어서서 발언을 하도록 한다. 알겠나?
김두진	좆나 병신 같아요.
이선생	두진이! 손들고, 일어서서!
김두진	(손을 들고 일어서서) 네, 이종민 대장님. 좆나 병신 같습니다.
이선생	그렇지!

아이들, 웃는다.

이선생   (화를 내며) 조용! 아직도 이게 장난으로
                  보이나?

아이들, 침묵한다.

하재성   좆나 무섭네요.
이선생   지금 이 정렬 자세가 여러분에게 어떠한
                  상태를 제공하는가?
박세인   (손을 들고 일어서서) 네, 무척이나
                  폭력적입니다.
이선생   그렇지. 하지만 이것이 이 게임의
                  규칙이다. 또한 앞으로 모든 대답에는
                  "네, 이종민 대장님!"을 붙이도록.
박세인   왜죠?
이선생   너네들이 나를 리더로 뽑았고, 그렇다면
                  나에 대한 존경심을 표하도록!
박세인   "네, 이종민 대장님! 폭력적입니다."
                  이렇게요?
이선생   손들고 일어서서!
박세인   (손들고 일어서서) 네, 이종민 대장님!
                  폭력적입니다.
이선생   다른 학생들은?
박미르   (손을 들고 일어서서) 네, 이종민 대장님!
                  참으로 흥미롭습니다.
양정윤   (손을 들고 일어서서) 네, 이종민 대장님.
                  다음은 뭔가요?
김보경   (손을 들고 일어서서) 네, 이종민 대장님.

	화내지 마세요.
이선생	독재를 기반으로 한 집단의 특성은 공동체이다. 공동체라 함은 한 집단 내에서 공통의 가치와 유사한 정체성을 가진 사람들의 집단을 말한다. 우리는 공통의 가치와 유사한 정체성을 가지고 있는가?
강지연	아니요.
이선생	그럼 우리가 공통의 가치를 갖기 위해선 어떻게 해야 하지?
김두진	(손을 들고 일어서서) 정신을 차려야 합니다.

아이들, 웃는다.

이선생	(과하게 소리를 지르며) 장난치지 말고!

놀라서 눈치 보는 아이들.

권주영	(조심스럽게 손을 들고 일어서서) 평등해져야 합니다.
이선생	(과하게 칭찬을 하며) 그렇지. 권주영! 박수! 우리는 평등해져야 한다. 권주영 나와!
김두진	나가지 마. 썹새야.
이선생	(주영의 손을 이끌고 나와 가운데 세워서) 우리는 평등하다! 세 번 복창! 얼른!
권주영	(난감해하다 아이들을 향해) 우리는 평등하다. 우리는 평등하다. 우리는 평등하다.

이선생	우리 중에 누구는 싸움을 잘하거나 못하고, 누구는 부자거나 가난할 것이다. 누구는 공부를 잘하고, 누구는 공부를 못한다. 이 모든 조건들은 한 집단 안에서 하나의 공동체를 이루는 데 걸림돌로 작용을 한다. 무언가를 더 가진 자들은 평등을 원하지 않기 때문이다. 차별과 불평등을 야기하지. 그러므로 우리는 우리의 공통의 가치를 위해 평등이라는 개념을 실현해야 한다. 우리는 모두 똑같은 존재들이다. 누가 더 잘났고, 누가 더 못난 사람은 없다. 불합리한 세상의 원리에 맞서라! 우리는 함께 한다. 우리는 평등하다. 알겠나?
아이들	네, 이종민 대장님.
이선생	나를 따라한다. '우리는 평등하다' 세 번 복창!
아이들	우리는 평등하다. 우리는 평등하다. 우리는 평등하다.
이선생	잘했다. 주영이 들어가. 박수! (아이들, 박수를 치고) 그렇다면 유사한 정체성을 가졌다는 것은 어떻게 드러낼 수 있을까? 우리의 공동체가 다른 집단과는 다른 정체성을 가졌다는 것?
전수빈	(손을 들고 일어서서) 네, 이종민 대장님. 다른 집단과 다르게 보이면 될 것 같습니다.
이선생	그렇지. 전수빈! 잘했다. 박수! 조금 더 구체적으로?

전수빈	만약 우리 공동체만의 팀 복이 있다면요?
박세인	지금 우리는 다 같이 교복을 입고 있는데?
전수빈	아니야.
이선생	나는 지금 너희와 같은 옷을 입고 있지 않다.
권주영	리더이시니까?
이선생	그건 평등하지 않다.
권주영	그럼 선생님이 교복을 입으시는 건가요?
박미르	완전 대박. 재밌겠다.
이선생	아니, 그 반대지. 너네가 나를 따라 입는 것이다.
강지연	그 흰 티를요?
이선생	그렇다. 너네가 지금 입고 있는 교복은 다른 반 친구들과 너희를 같은 색깔로 만든다. 우리는 우리 공동체만의 유니폼을 입는다. 그러므로 다음 수업부터는 모두 흰색 상의를 입고 오도록!

아이들, 짜증을 낸다.

이선생	게임 그만하고 수업 할래?
김진태	저는 늘 교복 안에 흰 티를 입습니다.
박미르	어쩌라고? 벗어. 그럼.
김보경	글씨 같은 거 있으면 안 되겠죠?
박미르	그걸 말이라고 하니? 디자인은요?
이선생	어떤 디자인이든 상관없다. 자신이 가지고 있는 옷 중에 흰색이면 된다.
양정윤	저는 흰 티가 정말 싫은데요?

권주영	너가 싫은 걸 우리보고 어쩌라고?
이선생	흰색 티로 정하는 것은 비싸거나 구하기 어려운 옷이 아니기 때문이다. 공동체 내에서 개인의 개성은 중요하지 않다. 가장 평범하고 가장 많은 사람이 함께 할 수 있는 것이 기준이 되어야 한다. 어쨌든 여기까지. 알겠나?
전수빈	네! 이종민 대장님!
이선생	다른 학생들은?
아이들	네! 이종민 대장님!
이선생	그럼 다음 주 시에이 시간에는 전원 흰 티를 입고 오도록 한다. 알겠나?
아이들	네! 이종민 대장님!
이선생	자, 그럼 우리 공동체를 위해 또 어떤 것을 해볼 수 있을까?
하재성	이종민 대장님! 그런데 이제 작작 좀 하시죠? 많이 하신 것 같은데?
김두진	동의합니다.
이선생	하재성.
하재성	(비아냥거리며) 아! 죄송합니다. 제가 싸가지가 없었습니다. 이종민 대장님.
이선생	너가 왜 그렇게 행동하는지, 왜 그렇게 매사에 불만이 많은지 알고 있다. 굳이 그렇게 행동하지 않아도 된다. 그것만이 답이 아니라고 늘 말했지?
하재성	저는 잘 모르겠습니다. 이종민 대장님.
이선생	(단호하게) 계속 그렇게 개인을 중시하고 공동체에 비협조적일 거면 뒤로 나가!
하재성	(일어나며) 대장님이 여기 들어와서

앉아만 있어도 된다고 하셨잖아요.
그런데 자꾸 좇나 짜증나는 거를 계속
시키시니까 적당히 하시면 좋겠다고요.

이선생   (화를 내며) 참여하지 않으려면 나가!
우리 모두에게 방해가 된다.

하재성   언제부터 우리가 우리인데? (이선생을
밀치며) 아, 이 새끼 봐라. 이러다 한 대
치겠다. 왜, 치려고? 처봐, 씨발.

이선생   (소리를 높이며) 하재성!

하재성   (아이들에게 소리 지르며) 야! 핸드폰
꺼내! 찍어! (사이) 쫄았냐, 병신아?
(나가며) 때리지도 못하면서. 미친 개좆밥
새끼가.

이선생   (소리를 높이며) 하재성! 잘 생각해라.

하재성   (책상을 밀치며 돌아와서) 뭘 더
생각하라는 건데, 씨발! 야! 잡아.
(더 큰 소리로) 잡아!

두진과 주영, 당황하며 이선생의 두 팔을 잡는다.

하재성   (때릴 듯 협박하며) 아, 씨발. 너나 생각
좀 해라. 병신아.

재성, 이선생의 바지를 벗긴다. 이선생의 팬티가 노출된다.
놀라는 학생들. 재성은 이선생을 보고 웃는다.

하재성   깝치지 말고 조용히 좀 있어. 이 기간제
비정규직 새끼야.

이선생   (나가는 재성을 끌고 들어오며) 하재성!
올려! (웃으며 나가는 재성을 다시 끌고

들어와) 올려! (다시 끌고 들어와) 올려,
하재성!

재성은 이선생을 밀치고 이선생은 넘어진다.

이선생   (주저앉아 재성을 보고 소리 지르며) 올려!
하재성   (달려들면서) 이런, 씨발 새끼가….

그때 수빈이 달려 나와 이선생을 몸으로 막는다. 선기와 지연이
달려 나와 이선생을 몸으로 막는다. 승안도 달려 나와 재성의
눈치를 보며 이선생을 보호한다.

하재성   지랄 염병들을 하고 있네. 미친 새끼들.

재성, 나간다. 아이들, 천천히 돌아온다. 천천히 일어나는
이선생. 스스로 바지를 올린다.

이선생   고맙다. (사이) 우리는 계속 수업할까?

천천히 자리로 돌아가는 아이들의 뒷모습을 바라보던 이선생.

이선생   잠깐! 아니다. 오늘은 게임 첫날이다.
                너희들과의 약속을 지키면서, 동시에
                게임 첫날을 기념하기 위해 오늘 수업은
                여기까지!

어떤 아이들은 아무 말 없이 나간다. 어떤 아이들은 어떻게
해야 할지 몰라 가만히 서 있다.

전환.

4장

낮. 학교 옥상.

재성은 벤치에 누워 있다. 정화, 두진, 주영, 승안, 정윤, 미르, 보경이 들어온다.

김두진	(승안을 끌고 들어오며) 야. 전학생. 여기야, 여기서 담배 피면 돼.
김정화	(정색을 하며) 하재성. 너 좀 심했다.
하재성	뭘 더 어쩌라고 씨발. 그 정도 협조해 줬으면 됐지. 기간제 새끼가 좆나 깝치고 지랄이야.
김정화	(언성을 높이며) 그래도 인마. 선생은 선생이라고. 내가 적당히 하라고 했잖아.
하재성	(언성을 높이며) 너도 적당히 좀 해라.
김두진	(환기하며) 일로 오세요. 우리 보경이. 오늘은 빤쮸 뭐 입었어? 오빠랑 한 번 더 할까요?
김보경	응. 응. 좋아. 좋아.
박미르	미친 개걸레 같은 년아. 너는 그렇게 당하면서 또 그 지랄이냐?
양정윤	짜증난다. 짜증나. 작작 좀 해라. 개또라이야.
김두진	왜 이래. 우리 보경이한테. 우리 보경이, 전학생 오빠도 먹어 볼래요?

박미르	미친 새끼.
권주영	두진아.
김두진	말 걸지 마라.
양정윤	너 아직도 신발 때문에 삐쳤어?
권주영	(소리를 높이며) 두진아, 그만해.
	너 보경이한테 너무 심한 것 같아.

사이.

김두진	미친년아. 넌 또 왜 지랄인데? 돌았냐?
권주영	너가 자꾸 보경이한테 그러는 거 정말
	나쁜 거야.
박미르	야. 너 왜 그래?
김두진	(주영을 툭툭 치며) 이야, 이 미친 새끼
	봐라. 오늘 왜 이렇게 버릇이 없지?
권주영	아닌 걸 아니라고 말하는 중이야.
	우리는 평등하니까.
하재성	미친 새끼! 벌써 이종민한테
	세뇌 당했냐?
권주영	맞잖아. 아니야? 김보경. 너는 그렇게
	맨날 따먹히고 이용만 당하는 게 좋냐?
	안 억울해?
양정윤	권주영. 너 오늘 왜 그래?
박미르	너 김걸레 좋아하냐?
권주영	(소리를 높이며) 그래, 좋아한다. 씨발.
	그러니까 김두진. 너 보경이 좀 그만
	괴롭혀. 참는 데도 한계가 있어!
김두진	이런 미친 쌥보지년아. 너가 뭔데
	내가 먹던 년을 넘봐.
김보경	(주영에게 다가가며) 주영아.

권주영	(보경을 밀쳐내며) 꺼져! 병신아! 그렇게 맨날 몸 대주면 저런 병신 같은 것들이 좋아해 줄 것 같아?
양정윤	또라이 새끼.
박미르	김걸레가 좋다잖아.
권주영	(정윤과 미르에게 다가가며) 병신 같은 년들아. 좋아서 좋다고 하겠냐? 너네 같으면 좋아서 좋다고 하겠어?

정윤과 미르가 주영을 때려서 밀쳐낸다.

권주영	(화를 내며) 사람이 사람한테 그러지 말자. 너네가 우리면, 너네는 괜찮을 것 같냐? 너네면 괜찮을 것 같냐고!
김두진	별것도 아닌 새끼, 돈 때문에 데리고 다녀 줬더니 이제 지 주제도 모르고 기어올라?
권주영	너네가 나 이용하는 거 모를 줄 알아, 씨발!
김두진	(주영의 따귀를 때리며) 이용은 씨발, 이용할 만한 가치가 있을 때 이용하는 거야. 너는 우리랑 친해지고 싶어서 이용해 달라고 들이미니까 어쩔 수 없이 불쌍해서 이용해 준거고. 알아, 이 씨발 년아?
권주영	친해지려고 한 게 잘못이야? 너네랑 있으면 다른 애들이 안 건드니까 그랬다. 씨발. 그리고 내가 왜 불쌍해? 돈 없는 너네가 더 불쌍하지.
하재성	너 뭐라고 했냐?

권주영	내가 틀린 말 했어? 너네가 좆나 불쌍해서 도와준 거야. 우리 엄마, 아빠 뼈 빠지게 번 돈으로 거지새끼들 도와준 거라고! 이 병신들아.
김두진	(주영의 멱살을 잡으며) 이런. 개보지 같은 년아. 내가 거지면 우리 엄마도 거지냐? 말해 봐. 우리 엄마도 거지냐고! 내가 세상에서 제일 싫어하는 게 뭔지 알아? 무시당하는 거야. 알아? 내가, 우리 엄마랑 무시 안 당하려고 얼마나 지랄 발광하면서 사는지 알아?
권주영	(두진을 밀쳐내며) 동대문에서 여자들 따먹고 다니는 것도 지랄 발광하면서 사는 거냐?
김두진	(정색하며) 죽고 싶냐?

두진, 주영에게 달려들어 팬다.

김정화	(말리면서) 그만해. 김두진.
하재성	(말리면서) 그만하라고! 안 들려?
김두진	(주영을 마구 때리면서) 그만하긴 뭘 그만해. 놔. 이거 놓으라고!
하재성	정신 차려. 너 눈 돌아갔어. 그만해. 이 새끼야.
김두진	놔! 씨발. 내가 오늘 저 새끼 조저 놓는다. 놓으라고! 놔!
하재성	(두진의 뺨을 때리며) 그만해. 병신아.

사이.

권주영	영화 찍냐?
김정화	뒤지기 싫으면 그만해라.
권주영	그동안도 충분히 그만했어.
	뭘 더 그만하라는 거야!
하재성	그만하라고 했다.
권주영	왜? 또 때리게? 때려 봐. 씨발.
	거지새끼들한테 깽값이나 한 번 제대로
	뜯어 보자. 아, 맞다. 너네 깽값은 있어?
	돈 좀 빌려줄까?

재성은 주영을 때리기 시작하고 정화와 승안이 말린다.

| 양정윤 | 야! 누구든 불러와! 빨리! |

미르, 보경 뛰어나간다.

김정화	하재성. 그만해. 너 또 사고 치면 짤려.
하재성	놔! 저 새끼 오늘 내가 죽여 버린다.
김정화	그만하라고! 병신아!

재성, 뒤에 있는 대걸레를 들고 주영을 패려고 하는데
이선생이 아이들과 같이 달려 들어와 재성이 내려치는
대걸레에 이선생이 대신 맞는다. 놀라는 아이들.
이선생, 맞은 자리를 감쌌던 손바닥에 피가 묻어 있다.

김정화	(놀라며) 선생님. 괜찮으세요?
김두진	(놀라며) 야. 하재성. 너 좆 됐다.
양정윤	(걱정하며) 잘못했다고 그래. 빨리!
하재성	(고민하다) 몰라. 씨발.

겁먹은 아이처럼 도망가는 재성.

이선생   (머리에 피를 발견하고 화를 내며)
            너네 대체 왜 이렇게 사니? 이렇게 살면
            행복하니? 이렇게 살면 좋아? (사이)
            아니다. 이 모든 게 내 잘못이다.
            내가 너희를 이렇게 만든 거다. 미안하다.
            진심으로 미안해. (두진에게) 재성이한테
            전해라. 괜찮다고. 다 괜찮다고.
            그럴 수도 있으니까, 내가 조용히 할
            테니까, 제발 또 도망가지나 말라고.
            나는 끝까지 그 놈을 포기하지 않겠다고
            전해줘. 알겠지?

이선생, 걸어 나간다. 정화, 따라 나간다.

김두진   (침을 뱉으며) 오진다. 씨발.

암전.

5장

낮. 교실. 게임 2주차.

교실 안 학생들은 모두 흰 티를 입고 있다. 은정은 혼자 공부를
하고 있고, 진태와 세인은 문제를 풀고 있고 그 옆에 수빈은
세인을 바라보고 있다. 지연은 휴대전화를 보고 있고 창현은
멍하니 앉아 있다. 승안과 정화는 이야기를 나누고 있다.
선기는 친구들을 바라보고 있다.

박세인	우와, 진태야. 너 진짜 잘 푼다.
김진태	뭘, 이런 걸 가지고.
박세인	고마워. 진태야.
김정화	(세인에게 다가가며) 세인아.
김진태	정화야. 미안한데 우리 공부하고 있거든? 방해하지 말아 줄래?
김정화	(정색하며) 작작 기어올라라. 너 그러다 뒤진다.
전수빈	세인아. 물 떠다 줄까?
박세인	(밝게 웃으며) 고마워. 수빈아.

수빈이 나간다. 동시에 흰 티를 입고 교실을 들어오는 두진.

김정화	야, 김두진! 너가 웬일이냐? 진짜 입고 왔네?
김두진	너가 입고 오라며! (창현에게) 형님,

껌 하나만 주십시오. (껌을 받고)
감사합니다. (사이) 형님, 제가 그동안
예의가 없었다면 사과드립니다. 용서해
주십시오.

김정화	너 뭐 잘못 먹었냐? 재성이는?
김두진	몰라. 오늘 학교 안 왔어.
김정화	주영이는?
김두진	(목소리를 높이며) 몰라! 그 새끼를
	왜 나한테 물어봐?
김정화	야! 오늘 너 왜 그래? 이상해.

교실 문 앞에서 흰 티를 입지 않고 이야기를 나누는
정윤, 미르, 보경.

박미르	대박. 다 입고 왔어. 우리도 입어야
	하는 거 아니야?
김보경	맞아, 맞아.
양정윤	장난하냐? 안 쪽팔려? 병신 같잖아.
박미르	그래도 우리만 안 입으면 이상하잖아.
	선생님도 입고 오라고 하셨고.
김보경	정화가 단체 카톡으로 부탁도 했는데….
양정윤	미친, 씨발. 우리가 왜 입어야 하냐고!
박미르	알았어. 나도 안 입을게.
김보경	나도. 나도.
박미르	닥쳐라. 씨발 년아.
양정윤	들어가자.

정윤, 미르, 보경이 들어가자 쳐다보는 아이들.

김정화	너네 왜 안 입고 왔냐?

양정윤	병신이냐? 입으라고 입고 오게.
김두진	그럼 우리가 병신인 거임?
양정윤	재성이 아직도 연락 없어?
김두진	몰라!
양정윤	왜 짜증을 내고 그래.
전수빈	(뛰어 들어오며) 선생님 오셔.
김정화	얘들아. 우리 선생님 들어오시면 알지?
양정윤	지랄들을 해요.

이선생이 교실로 들어온다. 정화가 아이들에게 신호를 준다.

아이들	(큰 소리로) 안녕하십니까, 이종민 대장님!
이선생	(놀라며) 너네 왜 그래? 어디 아파?
김정화	대장님이 흡족해하셔서 다행입니다.
홍승안	저희들은 무척이나 기쁩니다.
이선생	(좋아하며) 너네 좀 이상한데? 뭐야, 주영이는 아파서 조퇴한다고 했고, 재성이도 안 왔어?
김정화	오늘 학교 안 나왔대요.
박미르	정윤아, 걱정하지 마.
김보경	맞아. 맞아.
양정윤	시끄러. 썅년들아. 내가 뭘 걱정한다고 그래?
이선생	그런데 너네들, 왜 너네들만 안 입고 왔지?
양정윤	굳이 안 입어도….
이선생	손들고 일어서서!
양정윤	(손들고 일어서서) 네, 이종민 대장님. 굳이 안 입어도 문제가 될 것 같지는

	않아서요.
이선생	정말 문제가 없다고 생각해?
양정윤	네, 이종민 대장님.
이선생	우리 모두 시간과 노력을 들여 흰 티를 입고 왔다. 규칙을 지킨 거다. 하지만 너네 셋은 흰 티를 입고 오지 않았다. 규칙을 어긴 거지?
양정윤	에이, 선생님. 장난하세요? 굳이 안 입어도….
이선생	(소리를 지르며) 양정윤!
김보경	(사이, 가방에서 급히 티를 꺼내 나가며) 대장님. 저는 급히 입고 오도록 하겠습니다.
박미르	(가방에서 급히 티를 꺼내 나가며) 저도요.
양정윤	(소리를 지르며) 야! 박미르. (사이) 너 지금 뭐하는 짓이야? 나 배신하는 거야?
박미르	아니, 그런 게 아니라….
이선생	너야말로 지금 뭐하는 짓인가? 우리를 배신하는 건가?

미르, 달려 나간다.

이선생	아예 들고 오지도 않았나?
양정윤	네, 저는 흰 티가 없습니다.
김두진	왜, 너 옷 많잖아.
양정윤	설사 있어도 입고 싶지 않아요. 왜 입어야 하는지 모르겠습니다.
김정화	생각 좀 하고 말하지.
박세인	적당히 하자. 정윤아.

양정윤	시끄러! 병신아.

그때, 보경과 미르가 흰 티로 바꾸어 입고 들어온다.

양정윤	너네 지금 뭐하는 짓이야?
이선생	너야말로 지금 뭐하는 짓인가!
양정윤	저희는 학교에서 늘 교복을 입잖아요. 그런데 교복이 아닌 흰 티를 입어야 하는 이유에 대해서 전혀 납득이 가지 않습니다.
이선생	그럼 저번 시간에는 왜 그렇게 말하지 않았지?
양정윤	(사이) 설마 다들 '병신'처럼 입고 올지 몰랐습니다.
이선생	지금 너의 발언은 우리 모두를 '병신' 으로 만들었다. 현재 이 교실 안에서 너만 흰 티를 입고 있지 않은데, 내 생각에는 오히려 너가 '병신'인 것 같은데? 여러분 생각은 어떤가?
아이들	맞습니다.
이선생	규칙을 지키지 못한 것에 대해 사과를 하기는커녕 오히려 우리 공동체 전체를 비하하고 있는 너의 행동이 용서가 되지 않는다. 뒤로 나가!
양정윤	네?
이선생	뒤로 나가!
양정윤	선생님! 저는 제가 왜 이런 취급을 받아야 하는지 이해가 되지 않습니다.
이선생	네 주위를 둘러봐! (사이) 너 하나로 인해 우리 공동체 모두가 피해를 보고

	있지 않은가?
양정윤	제가 흰 티를 입고 오지 않아서요?
이선생	네가 고집을 부리고 있는 이 일 분이
	우리 모두의 일 분과 합쳐지면
	십삼 분이다. 너는 지금 너 하나의
	이기적인 고집을 통해 우리 모두의
	시간을 빼앗고 있어!
강지연	나가. 양정윤.
김선기	나가라고!
아이들	(산발적으로) 나가! 나가라고!
양정윤	미친, 씨발! 닥쳐. 이 병신 같은 것들아!

정윤, 교실 뒤로 나가 선다. 그때 교실 안으로 들어온
흰 티를 입은 재성을 발견한 정윤,

| 양정윤 | (놀라며) 하재성. |
| 김두진 | 재성아. |

심각한 얼굴로 이선생에게 다가가는 재성.
경계하는 아이들과 이선생.

| 하재성 | 죄송합니다. |

놀라는 아이들과 이선생.

이선생	괜찮다.
하재성	(갑자기 무릎을 꿇고) 선생님, 정말
	죄송합니다. 제가 어떻게 사과의 말씀을
	드려야 할지 고민하고 또 고민했습니다.
	하지만 그냥 진심을 전하는 것이

최선이라고 생각했습니다. (울먹거리며)
저 이제 더 이상 도망가지 않겠습니다.
이 쓰레기 같은 놈을 포기하지 않고
용서해 주셔서 감사드립니다. 정말
진심으로 감사드립니다. 평생 은인으로
모시겠습니다. 이종민 대장님.

아이들, 박수를 친다.

이선생	그래, 그래 고맙다. 재성아. (재성을 안아 주며) 말 같지도 않은 말, 들어줘서 정말 고맙다. 진심으로 고마워.
하재성	저야말로 감사드립니다.
김정화	이종민 대장님. 우리 분위기도 바꿀 겸 우리 공동체의 이름을 정해 보는 것은 어떨까요?
김두진	완전 동의! 영화반. 이거 좀 웃기잖아요. 조폭 같은 거에도 파가 있고 하다못해 다른 서클들도 이름이 있는데 영화반. 이거 좀 간지가 안 나는 거 같은데요?
아이들	(산발적으로) 동의합니다.
이선생	좋다. (재성에게) 들어가서 앉을까?

재성, 자리에 들어가 앉는다. 재성을 환영하는 아이들.

이선생	(아이들에게) 그럼 다음 단계이다. 공동체를 통한 힘의 집결!
아이들	공동체를 통한 힘의 집결!
이선생	그럼 우리 공동체의 이름에는 어떤 것들이 있을까?

아이들, 다양한 의견을 낸다.

이선생	이게 다인가? 수빈이. 뭐하고 있지?
전수빈	(노트를 숨기며) 아무것도 아닙니다.
이선생	(수빈에게 다가가며) 뭘 그렇게 쓰고 있어. 줘봐.
전수빈	아무것도 아닌데….
이선생	파란나라? 너의 의견은 파란나라인가?

아이들, 비웃는다.

이선생	왜지?
전수빈	네, 이종민 대장님. 전 어릴 적부터 파란나라가 있을 거라고 꿈꿔 왔습니다.
박세인	동요?
전수빈	네. 그런데 점점 커가면서 그것은 불가능한 일이라고 생각해 왔습니다. 하지만 우리 공동체를 만나고 나서부터 혹시나 우리가 그런 파란나라를 만드는 데 앞장설 수 있지 않을까 생각하게 됐습니다.
이선생	좋다. 굉장히 흥미로운 의미가 담겨 있는 것 같은데, 내가 그 노래 가사가 기억이 잘 안 나네. 한번 불러 줄 수 있겠니?
전수빈	여기서요?
이선생	응. 여기서.

아이들, 수빈의 노래를 유도하고 수빈은 굉장히 떨리는
목소리로 노래를 부른다. 처음에 비웃던 아이들도 진지하게

노래를 부르는 수빈의 모습에 경청을 하기 시작한다.
수빈의 노래가 끝나자, 모두 박수를 친다.

이선생	여러분! 어떤가? 파란나라?
아이들	좋습니다. 이종민 대장님.
이선생	잘했다. 아주 훌륭했다. 수빈아. 이 노래 가사가 이런 내용인 줄 몰랐는데?
전수빈	감사합니다. 감사합니다, 이종민 대장님.
이선생	좋다. 그렇다면 우리 공동체의 이름은 파란나라이다. 그리고 그 파란나라를 만드는 것이 목표라고 생각해 볼까?
하재성	생각 말고, 정말 그랬으면 좋겠습니다.
김정화	새로운 나라, 파란나라를 만들었으면 좋겠습니다.

아이들, 환호한다.

김두진	이종민 대장님, 그럼 내친 김에 구호까지 만드는 것은 어떨까요?
이선생	구호?
김두진	(흉내 내며) 하이, 히틀러! 이런 거요!

좋아하는 아이들.

이선생	좋은 생각이다. 그럼 다 같이 구호를 정해 볼까?

아이들은 각자 의견을 내고 창현은 소심하게 손을 든다.

이선생	그래, 이창현.

이창현	(일어서서 자신의 구호를 보여 주며) 파란!

아이들, 환호를 보낸다.

김두진	오, 형님. 완전 카리스마 쩌는데?
박미르	대박.
김보경	완전 좋다.
이선생	나는 창현이의 구호가 괜찮은 것 같은데, 여러분의 의견은 어떠한가?

아이들, 모두 동의한다.

이선생	창현, 다시 한 번 보여 주겠나?
이창현	(행동을 하며) 파란!
이선생	다 함께 해보자.
아이들	(행동을 하며) 파란!
김두진	완전 군인 같은데요?
이선생	좋다. 그럼 다 같이 일어서서 반복해 볼까?
아이들	파란! 파란! 파란! 파란!
이선생	좋다. 그럼 게임이 진행되는 동안 교실 밖에서도 서로를 만나면 구호를 외치고 다니도록!
김두진	대박! 완전 웃길 것 같아요.
박미르	맞아요.
홍승안	파란나라를 만들기 위해 파란군단이….
하재성	파란혁명을 일으킨다!

아이들, 환호한다.

이선생	좋다. 오늘은 굉장히 성과가 좋다. 그래서 너희들에게 선물을 주겠다. 오늘 수업은 여기까지!
아이들	(사이) 싫어요! 좀 더 하면 안 돼요?
이선생	(당황하며) 뭐야, 너네 진짜 이상해.
아이들	더 해요. 선생님!
김두진	이종민 대장님. 그럼 우리 이것저것 정한 기념으로 사진이나 한 방 박으면 어떨까요?
이선생	다른 친구들의 의견은 어떠한가?
아이들	(산발적으로) 좋아요! 좋습니다. 촌스러워요.
이선생	좋다. 그럼 다 같이 기념 촬영을 해볼까? 모두 앞으로 나오도록.

아이들은 앞으로 나와 대형을 잡는다.

김보경	어, 그럼 촬영은 누가 하지?
강지연	(카메라를 들고 나가며) 내가 할게.
김두진	아니야. 강지연. 왜 너가 해? 같이 찍자. (정윤에게) 정윤아, 미안한데 사진 좀 찍어 줄래?
양정윤	뭐?
김두진	지금 사진 찍어 줄 사람 너밖에 없어.
양정윤	지금 나보고 사진을 찍어 달라고?
박미르	정윤아, 한 번만 찍어 주면 안 돼?
양정윤	닥쳐. 씨발 년아.
강지연	(카메라를 다시 빼앗으며) 됐어. 내가 찍을게. 병신 같은 년이 사진 찍으면 사진도 병신같이 나와. 하나, 둘, 셋!

다 같이 사진 찍는 포즈로 정지.

전환.

6장

낮. 학교 옥상.

흰 티를 입고 벤치에 혼자 앉아 있는 주영.
흰 티를 입고 그 옆에 앉는 창현.

이창현   껌 먹을래? (사이) 몸은 좀 괜찮아?

그때 형준과 태영이 들어온다.

이태영   어! 병신 둘이다.
김형준   야야, 무슨 말을 그렇게 섭하게 하냐.
                    (주영과 창현의 머리를 때리며) 병신
                    새끼들이지.

좋아하는 형준과 태영.

김형준   (주영에게) 너 좆나 밟혔다며? 괜찮냐?
이태영   (창현에게) 야. 껌!
이창현   여기.
이태영   이거밖에 없어?
이창현   어, 미안. 오늘 가져온 껌은 다 떨어졌어.
                    미안해.
김형준   이런 미친 새끼가, 우리 껌
                    남겨 놓으라고 했어, 안 했어?

이태영	이 새끼가 간을 배 밖으로 내보냈나?
김형준	나 밥 먹으면 껌 먹어야 된다고 했지.
이태영	나도! 빨리 가서 사와. 안 사와?
이창현	지금 어떻게 가서 사와.
이태영	그럼 내가 가리?
김형준	내가 가?
이창현	아니, 미안해.
이태영	(창현을 툭툭 치면서) 사람이 변하면 안 돼. 한결같아야지.
김형준	(창현을 제압하며) 너네 아빠 껌 공장 한다면서.
이창현	어, 그렇기는 한데….
권주영	야! 우리들보다 형이다. 반말하지 마.
이태영	뭐?
김형준	너 지금 우리한테 말 건거냐.
권주영	처먹고 싶으면 너네가 직접 가서 사와. 병신들아.
이태영	오올, 좆나 밟혀서 병신 된 새끼가 이제 또 다른 병신을 챙겨 주나요? 너 소문 다 났어.
김형준	너 울고불고 개지랄했다며, 오줌 쌌다며?
이태영	면상 들고 다닐 용기가 있냐? 또 처맞을래?
김형준	대박이다. 하여튼 나는 너의 용기에 박수를 보낸다.

그때 재성과 두진이 흰 티를 입고 들어온다.

하재성	뭐하냐?
이태영	어! 재성아. 이 씹새가 글쎄 껌이 없대.

김형준	얼척이 없다.
하재성	그래서?
이태영	뭐가 그래서야? 사오라고 했지.
김두진	형, 오늘 껌 없어?
이창현	어, 미안해. 두진아.
김두진	얘들아, 미안한데 오늘은 형이 껌이 없대. 다음에 달라고 해라.
김형준	재성아. 너 애들 관리 잘해야겠다. 애들이 왜 이렇게 예의가 없어졌냐?
이태영	방금 전엔 권주영이 우리한테 말까지 걸었어.
하재성	그래서?
이태영	너네한테 좆나 밟힌 새끼가 우리한테 말까지 걸었다고.
하재성	왜 그러면 안 되는데?
김형준	뭐?
하재성	왜 그러면 안 되는데?
김형준	왜 그러냐, 너.
김두진	앞으로 창현이 형한테 껌 달라고 하지 마라. 다음부터 껌 먹고 싶으면 너네가 사 먹어.
김형준	(화를 내며) 김두진!
하재성	면상으로 껌이랑 떡치고 싶지 않으면 닥치고 그냥 꺼져. 피곤하다.
이태영	껌이랑 떡을 왜 쳐? 그리고 너네 갑자기 왜 그러는데?
김형준	너네 흰 티 입고 뭔 지랄 하냐, 정신병자 놀이 하냐?
하재성	(소리 지르며) 김형준!
김형준	(소리 지르며) 하재성!

하재성	(가까이 다가가며) 그냥 가라면 가.
	쓸데없이 약한 애들 괴롭히지나 말고.
김형준	(경고하며) 너 무슨 대가리에 총 맞았냐?
하재성	무슨 상관인데?
김형준	또라이 새끼. 너 많이 컸다.
하재성	컸지. 너 덕분에 많이 컸지.

형준과 재성, 싸운다. 태영과 두진은 말린다.
그때 갑자기 일 층에서

박선생	(큰 소리로) 야! 거기, 옥상! 너네 지금
	뭐하는 거야?
김형준	(싸움을 그만두며) 너, 한 번 더 이러면
	가만 안 둔다.
하재성	(싸움을 그만두며) 마찬가지다. 그리고
	하나 더! 앞으로 흰 티 입은 애들
	건들지 마라.
김형준	미친 또라이 새끼들. 다음에 만나면
	죽여 버린다.
이태영	가자. 가자, 형준아.

형준과 태영, 나간다.

이창현	고마워. 얘들아.
김두진	대체 껌을 왜 들고 다니는 거야?
이창현	왜, 너 껌 좋아하잖아.
김두진	병신아. 너가 맨날 갖고 오니까
	먹는 거지.
하재성	내가 이런 말까지 하는 거 좆나
	청춘 드라마 같아서 쑥스러운데,

	게임 하는 동안은 우리랑 노는 거니까 앞으로 이렇게 병신같이 당하지 마. 쪽팔리니까.
김두진	알겠어?
이창현	어.
김두진	다음부터 누가 또 괴롭히면 말해. 알겠어?
이창현	어.
김두진	(사이) 주영아. 배 안 고프냐? (사이) 지금 씹는 거야? (사이) 내가 쏠게. 매점 가자.
권주영	너가 웬일이냐?
김두진	이 씹새야. 나도 쏠 수 있다고.
권주영	지랄을 한다.
김두진	어쭈. 이제 욕도 한다. 너 많이 컸다.
하재성	지랄들을 한다. 빨리 가자.
김두진	(주영에게) 피자빵 먹을래?

재성, 두진, 주영 나가려고 하는데 창현이 뒤에 대고,

| 이창현 | 파란! |
| 아이들 | 파란! |

아이들, 나간다. 혼자 남아 구호를 반복하는 창현.
그때 흰 옷을 입은 진태가 지나간다.

이창현	진태야. (사이) 진태야!
김진태	지금 나 부른 거야?
이창현	어.
김진태	너가 지금 뭔가 크게 착각하고

	있나 본데, 그깟 게임 하고 있다고
	내가 네 친구라도 됐다고 착각하지 마.
이창현	어?
김진태	나는 네 친구가 아니야. 병신아.
	난 친구 같은 거 안 키워. 알겠어?
이창현	어.
김진태	다시는 아는 척하지 마. 병신 새끼야.
	쪽팔리니까. 알겠어?
이창현	어, 미안해.

진태, 나가고 창현은 다시 의자에 앉아 고개를 숙인다.

| 이창현 | (고개를 들고 진태가 나간 쪽을 바라보며) |
| | 병신. |

암전.

7장

낮, 교실. 게임 3주차.

아이들의 책상 배열이 달라졌다. 정윤은 여전히 흰 티를
입지 않고 교실 뒤에 나가 서 있다.

이선생   오늘! 교장 선생님께서, 우리가 진행하고
                 있는 '파란나라'를, 적극 지지해 주셨다.

아이들, 박수를 치며 환호한다.

이선생   게임을 시작한 후 달라지고 있는
                 너희들의 행동들을 보고 지대한 관심을
                 보이셨고, 나 역시도 기대 이상의 성과에
                 놀라고 있다. 너희들이 자랑스럽다!
아이들   (환호하고) 파란! 파란! 파란! 파란!
하재성   이종민 대장님! 감축 드립니다.
김두진   이제 교장이 좀 덜 갈구겠네요?
김정화   (일어서서) 이종민 대장님. 이게 모두
                 이종민 대장님께서 우리를 이끌어 주셨기
                 때문입니다.
아이들   이종민 대장님! 이종민 대장님! 이종민
                 대장님!
이선생   바로!
김두진   이종민 대장님. 자꾸 다른 애들이 시에이

	우리 반으로 바꾸면 안 되냐고 물어봐요.
박미르	어! 내 친구들도.
권주영	파란나라 완전 들어오고 싶어 합니다!
김정화	애들이 자꾸 물어보는데 학기 중에
	시에이 바꿔도 되요?
이선생	원래는 안 되는 건데, 교장 선생님께
	예외가 가능할지 여쭤어볼까?

아이들, 박수를 치며 환호한다.

하재성	이종민 대장님! 다음 단계는 뭔가요?
이선생	실행을 통한 힘의 집결!
아이들	실행을 통한 힘의 집결!
이선생	오늘은 우리 파란나라에 속해 있는
	너희들을 위해 일종의 회원증을 만들어
	왔다. (파란카드를 꺼내며) 이름 하여
	파란카드!

환호하는 아이들.

이선생	이 파란카드는 너희가 파란나라에
	속해 있는 특별한 존재들이라는 것을
	증명한다. 전달!

아이들, 파란카드를 나누어 갖는다.

이선생	더불어 이 파란카드 없이는 우리
	파란나라에 속할 수 없음을 잊지 말도록!
아이들	네, 이종민 대장님.
김진태	이종민 대장님! 정말 죄송한데요,

	참을 만큼 참았습니다. 그만 좀 하시면 안 될까요? 정말 유치합니다.
이선생	김진태! 내가 발언권을 줬나?
김진태	(손을 들고 일어서서) 우리 지금 뭐하고 있는 거죠? 애들 장난하는 것도 아니고 흰 티 맞춰 입는 거부터 시작해서 굳이 이런 카드까지. 대체 뭘 하고 있는지 모르겠습니다.
김정화	우리는 너가 뭘 하고 있는지 모르겠다. 씹새야.
김진태	제가 영화반에 들어온 이유는 신방과를 가는 데 도움이 될 만한 생기부 기록을 만들기 위해서입니다. 영화 토론을 통한 동아리 경연대회나 영화 제작을 통한 영화제 수상 경력을 쌓아야만 생기부에 도움이 됩니다. 그런데 대체 지금 이 행위들은 무엇을 위한 것이죠?
이선생	진태는 왜 신방과를 가려고 하지?
김진태	저는 공정한 정보를 제공하는 바람직한 언론인이 되고 싶습니다.
이선생	왜 바람직한 언론인이 되고 싶은가?
김진태	아닌 걸 아니라고, 맞는 걸 맞는 것이라고 제대로 말하고 싶습니다.
이선생	그런데 진태의 행동은 왜 맞는 걸 아니라고, 아닌 걸 맞다고 우기고 있는 거지?
김진태	무슨 말씀이신지….
이선생	다수가 게임을 하기로 합의를 했고 혼자만 다른 입장을 가졌다고 해서 왜 다수가 틀렸다고 비난을 하는 것인가?

	그게 진태가 말하는 아닌 걸 아니라고, 맞는 걸 맞다고 말하는 행위인가?
김진태	선생님은 지금 계속해서 다수를 이용해 소수에게 폭력을 행사하고 계십니다. 누구에게나 자유롭게 의견을 제시할….
이선생	자유? 진태는 지금 자유라고 이야기했나?
김진태	네. 그렇습니다. 저는 자유라는 것은 정말 중요한….
이선생	진짜 자유가 뭔지 아나? 너가 알고 있는 자유가 진짜 자유인가? 지금 이 대한민국에서, 우리들이 배워 온 자유가 진짜 자유라고 생각하는가? 생기부에 목숨을 걸고 있는 애처로운 너의 모습이 진정 자유롭다고 생각하는 건가? (사이) 나는 늘 너희들에게 자유를 선택할 기회를 줬다. 하지만 너희는 그 자유가 뭔지도 몰랐고, 어떻게 해야 할지도 몰랐다. 인정하는가? (사이) 어쩌면 우리는 자유를 잘못 배웠을지도 모른다. 우리는 진짜 자유가 뭔지 모르고 있을 수도 있다.

아이들, 박수를 친다.

이선생	진태에게 진짜 자유를 선택할 기회를 주겠다. 너는 지금 여기 있어도 되고, 나가도 된다. 선택은 자유다. 어떻게 하겠는가?

진태, 자리에 앉는다. 아이들, 박수를 치며 환호한다.

이선생   우리는 비록 단순히 독재를 경험해
             보기 위한 가벼운 마음으로 이 게임을
             시작했지만 이제 이 게임은 그 목표를
             넘어서 공동체의 진정한 역할을 수행하고
             있는 하나의 운동으로 발전하고 있다.
             일종의 혁명이지.
하재성   파란혁명!
이선생   긍지를 느끼고 책임을 져야 할 필요성을
             느끼지 않는가?
아이들   파란! 파란! 파란! 파란!
이창현   이종민 대장님! 저는 제가 파란나라에
             속해 있다는 것이 정말 자랑스럽습니다.
아이들   (산발적으로) 저도요.
이선생   좋다. 이제 파란카드의 뒷면을
             조심스럽게 관찰하도록! 뒷면에 'x'
             표시가 되어 있는 두 사람이 있을
             것이다. 그들은 우리 파란혁명이
             진행되는 동안 규칙을 준수하지 않거나
             문제가 생길 것 같은 학생들을 나에게
             보고하는 역할을 맡는다.
김두진   완전 비밀경찰이네요?
박미르   이종민 대장님! 마치 마피아 게임을 하는
             것 같습니다.
김보경   맞아요, 맞아요.
이선생   게임이 아니다. 혁명이다! 자긍심을 갖고
             우리 공동의 가치를 실현하도록 하자!
             알겠나?
아이들   네, 이종민 대장님!

박세인	이종민 대장님! 그런데 실례가 안 된다면 질문 하나 드려도 될까요?
이선생	얼마든지!
박세인	책상 배치는 왜 갑자기 바뀌게 된 거죠?
이선생	좋은 질문이다. 서로가 서로에게 도움이 될 수 있는 자리를 배정한 것이다.
박세인	어떤 도움이 되죠?
이선생	너희들의 가장 큰 불만 중 하나는 불평등이었다. 우리 파란나라 안에서 중요한 가치 중 하나가 바로 평등함이다! 평등함을 극대화시키는 수단으로서 이 자리 배치는….
박세인	죄송하지만, 이해가 안 됩니다. 저는 이 자리 배치가 조금 불편합니다.
이선생	(사이) 창현이는 어떤가?
이창현	저는 괜찮습니다.
이선생	물론 누구에겐 다소 불편한 배치가 될 수도 있다. 하지만 잘 생각해 보도록! 너네는 지금까지 서로를 판단하며 필요한 친구, 도움이 되는 친구들을 선택해서 어울려 다녔다. 그래서 빚어진 너희들의 관계가 과연 친구라는 명목하에 평등한 관계였을까? 옆에 있는 사람들을 보도록. 나에겐 없는 것을 그 사람이 갖고 있을 것이고 그 사람이 갖지 못한 것을 나는 갖고 있을 것이다. 서로가 서로에게 도움을 받아 공동의 가치를 실현하자. 알겠나?
아이들	네, 이종민 대장님!
박세인	죄송하지만 그래도 아까 이종민 대장님이

	말씀하신 선택의 자유는 존재해야 하지 않을까요? 선택의 자유가 없다면 그것은 다소 비효율적인 결과를 가져올 것 같은데요?
이선생	효율성이라는 개념은 배제시키도록. 그것은 불평등을 야기하는 가장 큰 요소이자 개인의 이기심을 극대화시키는 요인이다.
박세인	그래도 죄송하지만 한 번 더 생각해 주셨으면 좋겠습니다.
이선생	왜지? 끝까지 그 자리 배치를 거부하는 이유가 단지 효율성 때문인가?
박세인	(사이) 부탁드립니다. 다른 자리 배치를 요청합니다.
이선생	이창현! 일어서! 너는 대체 어떤 놈이기에 박세인이 너를 기피하는 것인가? 너는 누군가?
이창현	이창현입니다.
이선생	이창현이 괴물인가? 이창현이 더러운가? 이창현이 미친놈인가?
김진태	이창현도 우리와 똑같은 친구입니다.
박세인	(놀라며) 야! 김진태!
김진태	저는 이 자리 배치에 찬성하는 바입니다.
박세인	(소리를 지르며) 저는 이 자리 배치가 싫습니다.
이선생	세인이가 이 규칙에 따를 수 없다면 나가라.
박세인	네?
이선생	파란나라의 규칙이다. 동참하지 않으려면 나가라.

박세인	그래도 이건 아닌 것 같습니다.
이선생	왜지? 지금 너의 행동은 창현이를 몹시 비하하는 태도로밖에 보이지 않는다. 사람은 누구나 동등하고 평등한 기회를 제공받을 권리가 있다. 너가 뭔데 다른 사람이 갖고 있는 그 기회를 박탈하려고 하는 것인가? 너가 그렇게 특별한 존재인가?
박세인	저는 지금까지 학교를 다니면서 선생님들 말씀에 안 따른 적 없고 규칙을 어긴 적도 없습니다. 이런 취급을 받을 이유가 없는 것 같은데요?
이선생	취급? 그런데 너는 왜 이창현을 그렇게 취급했지?
전수빈	저는 박세인이 나가 줬으면 좋겠습니다.
박세인	야! 전수빈!
전수빈	지금 세인이의 행동은 옳지 못한 행동입니다.
박세인	너가 감히 어떻게 나한테 그딴 식으로 말해? 감히 네가?
김정화	세인아. 그만하고 나가.
박세인	(소리를 지르며) 김정화!
하재성	(소리를 지르며) 나가. 박세인.
아이들	(산발적으로) 나가. 빨리 나가.

세인, 교실 문 쪽으로 달려간다.

이선생	수업 시간에 이 교실을 나가면 결석 처리가 된다. 벌점 이십 점! 선택은 너가 하도록!

세인, 멈추고는 다시 천천히 정윤 옆에 와 선다.

양정윤	병신.
박세인	닥쳐라. 씨발 년아.
이은정	(갑자기 일어나서 나가며) 선생님.
	저는 시에이를 다른 반으로
	옮기겠습니다.

은정, 나간다.

김보경	헐, 대박.
김두진	역시 전교 일 등.
이선생	개인의 선택이다. 나는 은정이의 선택을
	존중한다. 그렇다면 양정윤에게 묻겠다.
	계속 그렇게 서 있고 싶은가? (사이)
	다시 한 번 묻겠다. 정윤이는 계속
	그렇게 서 있고 싶은가?
박미르	얼른 대답해. 양정윤.
양정윤	아가리 닥쳐! 박미르!
박미르	너나 아가리 닥쳐. 양정윤!
양정윤	저 년이 돌았나?
박미르	(자리에서 일어나 정윤에게 다가가며)
	너나 나나 똑같아.
	네가 나보다 잘난 것 없어.
양정윤	뭐?
박미르	내가 언제까지나 네 꼬봉일 줄 알았냐?
	내가 그렇게 병신인 줄 알아?
양정윤	꼴값 떨고 자빠졌네. 미친년.
	좆밥 같은 년이 어디서 나대고 지랄이야.

박미르	(소리를 지르며) 아니야! 아니라고! 난 좆밥 아니라고!

정윤과 미르는 머리채를 잡고 싸우고 아이들은 말린다. 이선생, 미르에게 다가가 가볍게 뺨을 두세 대 친다.

이선생	정신 차려. 정신 안 차려? 이렇게 감정적으로 대응할 필요 없다. 박미르. 정신 차려!
박미르	(숨을 고르며) 죄송합니다. 죄송합니다. 대장님.
이선생	뭐지? 양정윤은 왜 이런 상황을 만드는 거지?
양정윤	제가 이런 상황 만든 적 없는데요?
김두진	너가 흰 티 안 입었잖아. 병신아.
양정윤	(소리를 지르며) 어디다 대고 병신이야! 병신이!
하재성	야. 양정윤, 너도 그냥 나가.
양정윤	하재성! 너가 나한테 어떻게 이럴 수 있어?
하재성	(소리를 지르며) 나가!
아이들	(산발적으로) 나가라고!
양정윤	(화를 내며) 닥쳐. 닥치라고! 내가 왜 나가야 하는데? 그깟 병신 같은 흰 티 안 입었다고 내가 왜 나가야 하는데! 흰 티 싫어! 흰 티 싫어! 흰 티 싫다고! 니네들이 뭘 알아? (주저앉아 울면서) 어릴 때부터 흰색 티만 입으면 가슴 크다고 애들이…. 그날도 흰색 옷을 입고 있었어요.

집에 가는 골목길에 한 학년 높은 오빠가
저를 갑자기 껴안았고 다른 한 오빠가
제 가슴을 만졌어요. 아프고 추웠어요.
무서웠어요. (소리 지르며) 내가 씨발
좆나 병신 같아서, 흰색 옷만 입으면
그날이 생각나서! 그래서 난 흰색 옷
절대 안 입는다고! 그게 내 잘못이야?
다들 나한테 왜 이러는 건데! 나 좀 제발
그냥 놔두라고!

정윤, 계속 운다. 미르, 가방에서 흰 티를 가져와 정윤에게
건넨다.

박미르   정윤아. 넌 뭘 입어도 예뻐. 울지 마.

정윤과 미르 서로 끌어안고 운다. 보경도 달려 나와
같이 껴안고 운다. 여자 아이들, 모두 같이 껴안고 운다.

이선생   자, 자. 그만 울고. 그만 울자. 얘들아.

이선생, 정윤에게 다가가 정신을 차릴 수 있게 뺨을
두 대 가볍게 때린다.

이선생   미안하다. 정윤아. 힘든 이야기 고마웠다.
               자, 다 같이 정윤이에게 박수!

아이들, 정윤에게 박수를 쳐준다.

양정윤   감사합니다. 감사합니다. 대장님.

창현, 갑자기 이선생에게 다가가서

이창현	대장님, 저도 그 싸대기 때려 주십시오.
이선생	뭐?
이창현	저도 용기를 얻고 싶습니다.

새로 태어나고 싶습니다. (눈을 질끈 감고)
부탁드립니다.

사이.

| 이선생 | (뺨을 가볍게 때리며) 이거? |
| 이창현 | (허리를 굽혀 인사하면서) 감사합니다. |

정말 감사합니다. 이종민 대장님.

아이들, 박수를 치며 환호한다.

김두진   (울먹거리며) 저는 우리의 파란나라를
더 많은 사람들과 공유하고 싶습니다.
저는 이렇게, 이렇게 좋은데, 이런 느낌은
태어나서 처음입니다. 사실 토요일마다
난지도에서 경기도 연합 모임을 하는데,
그 새끼들하고 맨날 술 마시고 담배 피고
여자 따먹고 노는데, 그 새끼들도
꼭 함께했으면 좋겠습니다. 그 새끼들
제 불알들이거든요. 꼭 우리의 파란나라,
파란혁명에 함께했으면 좋겠습니다!
(울면서) 언젠가 꼭 한 번 엄마한테
자랑스러운 아들이 되고 싶었습니다.
우리 엄마 동대문에서 개고생 하는데,
아들 새끼 하나 있는 게….

파란나라 만세!

아이들, 환호한다.

강지연	(종이에 그림을 들면서) 이거 봐! 이거 내가 그려 본 파란나라 로고인데 어때?
아이들	좋아. 완전 좋아.
전수빈	(흥분하며) 그럼 우리 페북에 페이지도 만들까?
양정윤	우리 파란나라 댄스 만들자!
하재성	애들아! 나는 우리 파란나라를 지킬 거야. 아무도 건들지 못하도록!
이창현	이종민 대장님. 감사합니다!
아이들	(환호하며) 파란! 파란! 파란! 파란!

아이들의 움직임 정지.

전환.

8장

낮, 학교 옥상.

창현이 벤치에 앉아 있다. 그때 이선생이 들어온다.

이창현	(군기가 바짝 들어) 파란! 이종민 대장님! 기다렸습니다. 불쑥 나타나서 죄송합니다.
이선생	(놀라며) 아니다.
이창현	저에게 이런 영광을 주셔서 진심으로 감사드립니다. 저는 어디에 소속된 이 느낌이 너무나도 좋습니다. 마치 새로 태어난 것 같습니다. 우리의 파란나라가 정말 자랑스럽습니다. (주변을 살피면서 파란카드의 '×' 표시를 보여 준 뒤) 임무를 수행해도 될까요?
이선생	좋다. 수행하도록!
이창현	아무래도 수빈이가 많이 의심스럽습니다.
이선생	왜지?
이창현	아무래도 수빈이가 세인이와 가장 친한 사이고 수업 중에 늘 세인이를 쳐다보며 의식합니다. 세인이가 뒤에 나가 서 있고 난 다음부터는 둘 사이에 직접적인 대화는 없어진 것 같으나 그래도 수빈이가 세인이를 많이 의식하고

	있는 것은 사실입니다.
이선생	그래서?
이창현	아무래도 저는 수빈이에게 곧 문제가 생기지 않을까 사료됩니다.
이선생	그럼 어떻게 하는 것이 좋겠나?
이창현	제가 설득해 보고 잘 안 되면 대장님께 다시 말씀드려도 될까요?
이선생	네가 설득을 해보겠다고?
이창현	대장님께서 직접 나서시는 것보다 제가 먼저 알아듣게 설명을 하는 게 나을 것 같습니다.
이선생	좋은 생각이다. 나는 이창현, 널 믿는다.
이창현	믿어 주셔서 감사합니다. 이종민 대장님.
이선생	너에게 맡겨진 임무는 막중한 것이다. 잊지 말도록.
이창현	명심하겠습니다. 이종민 대장님.

창현, 나가려다 다시 돌아오며

이창현	대장님. 내친 김에 제가 세인이까지 설득해 보도록 하겠습니다. 괜찮으십니까?
이선생	(당황하며) 그럼, 괜찮지. 나는 너를 믿는다.
이창현	감사합니다. 이종민 대장님. 대장님은 제가 지켜 드리겠습니다.
이선생	(당황하며) 그래, 고맙다.
이창현	(굉장히 큰 소리로) 파란!
이선생	파란!

창현, 나간다. 이선생이 담배를 피려고 하다,

이선생   (조용히 노래를 흥얼거리며) 파란나라를
             보았니? 꿈과 사랑이 가득한.
             파란나라를….

그때 진태가 들어온다.

김진태   이종민 대장님!
이선생   그래. 진태야. 너는 여기서 처음 보는데?

주변을 살피고 파란카드를 돌려서 황급히 'x' 표시를
보여 주고 숨기는 진태.

김진태   제가 파란나라 선언문을 써봐도 될까요?
이선생   그럼! (사이) 앉아. (사이) 담배 펴볼래?
김진태   네. 이종민 대장님.

이선생, 진태에게 담배를 건네준다.

암전.

9장

낮, 교실 안. 게임 4주차.

학생들의 수가 늘어나 있다. 창현과 두진이 앞쪽에 서 있다.
지연은 촬영을 하고 있고, 진태는 기록을 하고 있다.
뒤쪽에 세인이 혼자 서 있다. 교실에는 파란나라 로고가
대형 현수막으로 만들어져 있다.

전수빈   (울먹거리며) 정말 공주님 같았습니다.
세인이는 얼굴도 예쁘고 공부도 잘하고
집도 잘 살고 뭐든지 다 잘하는 그런
아이였습니다. 그래서 세인이를 따라
하기 시작했습니다. 똑같이 따라 하면
저도 똑같이 될 거라고 생각했습니다.
아니 그렇게 믿었습니다. 하지만
파란나라에 들어온 후 그게 모두 잘못된
생각이라는 걸 깨달았습니다. 특별하지
않아도 나로서 특별할 수 있는,
비교 당하지 않고 있는 그대로의 나를
바라봐 주는, 모두가 평등하고 모두를
사랑하는 파란나라! 이제 저는! 파란나라
친구들과 함께 미래를 향해 걸어갈
것입니다. 파란!

아이들   (환호하고) 파란! 파란! 파란! 파란!

하재성   아버지는 어렸을 때 돌아가셨고 엄마는

아팠습니다. 그때부터 울고 싶어도
울 수 없었고 죽고 싶어도 죽을 수 없는
가장이어야 했습니다. 나는 왜
있는 집 새끼들처럼 돈 많은 부모 밑에서
하고 싶은 거 하고 먹고 싶은 거
먹지 못할까. 원망하고 또 원망했습니다.
가진 것이 없었기에 더 강해지고
싶었습니다. 힘으로, 주먹으로 모든 것을
갖고 싶었습니다. 솔직히 그 방법밖에
몰랐습니다! 그런데 이제 그렇게 좆같이
살던 제가 달라졌습니다. 이전에는
검은 나라였다면 이제는 파란나라입니다.
제가 가진 힘으로 이 세상을 아름답게
만들 것입니다. 이종민 대장님,
사랑합니다.

아이들
김보경

(환호하고) 파란! 파란! 파란! 파란!
저는 예전에 먹을 것 없이 못사는
똥돼지였습니다. 늘 놀림을 받았고,
예쁘고 인기 많은 애들이 부러웠습니다.
그래서 저는 살을 빼기로 결심을 했고
제가 좋아하는 피자, 치킨, 족발 모두
끊었습니다. 그랬더니 남자애들이
저에게 하나둘씩 관심을 보였고 그래서
남자애들이 하자는 건 뭐든 다 했습니다.
걸레라고 불려도 괜찮았습니다. 병신같이
다시 혼자가 되는 게 너무 싫었습니다.
아프고 고통스러웠지만 참았습니다.
그런데 그때 파란나라가 저를 지옥에서
구해줬습니다. 이제 저는 더 이상 혼자가
아닙니다. 그리고 이제 저는 피자, 치킨,

	족발 마음대로 먹습니다. 감사합니다. 이종민 대장님!
아이들	(환호하고) 파란! 파란! 파란! 파란!
김선기	저는 늘 좋은 사람이고 싶었습니다. 늘 밝게 웃었습니다. 화가 나고 슬퍼도 크게 웃었습니다. 그러면 사람들이 저를 좋아해 줄 거라 생각했습니다. 하지만 착각이었습니다. 아무도 제가 누군지 궁금해하지 않았고, 저는 투명인간이었습니다. 그런데 수빈이가 바보같이 노래를 불러 주던 그 순간! (울먹이는 선기, 선기의 이름을 외치는 아이들) 맞습니다. 저 여기 있습니다. 저의 이름은 김선기입니다. 기억해 주십시오! 아무리 봐도 없고 아는 사람도 없지만 누구나 한번 가보고 싶어서 생각만 하는 나라! 여러분! 우리 모두 함께 그런 파란나라를 만들었으면 좋겠습니다.
아이들	(환호하고) 파란! 파란! 파란! 파란!
이선생	사람은 누구나 아프고 누구나 힘들다. 물론 각자에겐 자신의 고통이 가장 크게 느껴질 것이다. 하지만 이 '공유의 시간'을 통해 여러분은 깨달았을 것이다. 누구도 고통의 크기를 비교할 수 없다는 것을! 고통을 피하지 말자. 고통을 마주하자. 우리는 혼자가 아니라 함께이다. 그래서 그것이 가능하다. 나는 우리들의 파란나라가 진심으로 자랑스럽다.

아이들	(환호하고) 파란! 파란! 파란! 파란!
이선생	세인이는 이 '공유의 시간'에 참여하지는 않았지만 우리들의 얘기를 모두 들었다. 그래도 함께할 의사가 없는 건가?
박세인	미친 새끼.
권주영	저런 미친년이.
김보경	너 미쳤냐? 쌍년아!
김진태	세인이의 태도에 불만을 제기합니다.
강지연	박세인! 좀 심하다고 생각하지 않니?
박미르	저는 세인이가 이제 이 수업에 들어오지 않았으면 좋겠습니다.
전수빈	세인아. 정신 좀 차렸으면 좋겠어!
박세인	전수빈! 네가 어떻게 나한테 그렇게 말해? 너 따위가 뭔데 그딴 식으로 말 하냐고.
전수빈	나는 전수빈이야. 너 따위가 아니라.
박세인	다들 정말 미쳤다. 미쳤어.
하재성	이런 미친년이. 너 진짜 맞고 싶냐?
김두진	그냥 뒤지고 싶냐?
박세인	때려 봐. 이 미친 양아치 새끼들아.
양정윤	저런 미친 씨발 년이.
김정화	(아이들을 막으며) 얘들아. 참아. 참아.
김선기	노파!
홍승안	노답이다.
아이들	(따라 하며) 노파노답! 노파노답! 노파노답!
이선생	(소리를 지르며) 그만!
박세인	정말 다들 제대로 미치셨습니다. 선생부터 시작해서 싸그리 다들 미쳐서 무슨 광신도들이야.

김정화	박세인. 그게 무슨 말버릇이야?
박세인	이제 내가 쪽팔리냐? 사람들이 다 나한테 뭐라고 하니까 이제 내가 쪽팔려서 내 편 안 드는 거야?
김정화	네 편 내 편이 어디 있어, 박세인!
박세인	김정화. 네가 나를 제일 병신으로 만들고 있잖아!
김정화	세인아. 정신 좀 차려. 다들 너 걱정해서 이러는 거야. 네가 지금 이상한 생각을 버리지 못하고 있으니까 다들 널 기다려 주고 있잖아.
박세인	기다리긴 뭘 기다려? 내가 여기 왜 서 있었는지 알아? 다들 얼마나 미쳐 가나 구경하고 있었어. 너무 어이가 없어서 얼마만큼 하나 보려고.
김정화	박세인! 너 혼자야. 모두가 너와 다른 생각을 가지고 있는데 왜 자꾸 혼자서 고집을 피워!
박세인	(소리를 지르며) 나 혼자 똑바로 보고 있잖아. 나 혼자 똑바로 보고 있잖아.
김정화	(세인을 잡고 흔들며) 세인아. 정신 좀 차려. 너 정말 정신 차려야 돼.
박세인	(정화를 밀치고 발광하며) 정말 다들 미쳤어. 정신병자들이야. 사람 하나 병신 만드는 거 쉽지? 사람 하나 매장시키는 거 재밌지? 너네들?

창현이 다가와 세인의 뺨을 때린다.
놀라는 아이들과 이선생.

이창현	세인아. 너 미쳤어. 정신 좀 차려.

세인, 교실을 뛰어 나간다.

김정화	(이선생에게) 이종민 대장님. 따라가 봐도 될까요?
이선생	좋다.

정화, 세인을 따라 황급히 나간다.

이선생	시간이 걸린다고 해서, 우리와 다르다고 해서 배척하지는 말자. 세인이도 변화의 과정을 겪고 있는 것 같다. 기다려 주자. 알겠나?
아이들	네, 이종민 대장님.
이선생	너희들 덕분에 이제 우리 학교 대부분의 학생들이 파란혁명에 동참하고 싶어 한다는 의사를 밝혀 왔다.
아이들	(환호하고) 파란! 파란! 파란! 파란!
이선생	우리 학교를 넘어 다른 학교에서도 동참하고 싶다는 뜻을 공식적으로 밝혀 오고 있고 심지어 교육청 쪽에서도 연락이 오고 있다.
아이들	(환호하고) 파란! 파란! 파란! 파란!
이선생	새로운 세상을 원하는! 아닌 것을 아니라고, 맞는 것을 맞다고 외칠 수 있는 우리는 누구인가?
아이들	(소리 지르며) 파란나라!
이선생	파란나라는 계속 된다!
아이들	(환호하고) 파란! 파란! 파란! 파란!

다 같이 움직임 정지. 아이들은 책상과 의자를 사방으로
내던지기 시작하고 선생은 움직이지 않는다.

전환.

10장

밤, 골목 / 낮, 학교 옥상

이선생, 누군가를 기다리다 갑자기 아이들 앞에서 연설할
내용을 연습한다. 그때 갑자기 미르가 나타난다.

박미르 (크게 외치며) 이종민 대장님!

이선생 (놀라며) 어! 미르야. 급한 일이라고?
         무슨 일인데 이렇게 밤늦게 전화한 거야?

박미르 용기를 내지 않으면 평생 말씀 드리지
         못할 것 같아서 연락 드렸습니다.

이선생 뭐?

박미르 대장님. 저를 구해 주셔서 감사합니다.
         저는 제가 누군지 몰랐습니다. 제가 어떤
         이유로 살아가고 있는지 몰랐습니다.
         하지만 파란나라는 저에게 새로운 세상을
         보여 주었고 저라는 사람의 가치를
         일깨워 줬습니다. 이제 저는 살아가야
         하는 이유가 생겼습니다. 하루하루가
         너무나도 행복합니다. 진심으로
         감사드립니다. 이종민 대장님.

이선생 뭘…. 그 말 하려고 보자고 한 거야?

박미르 (격하게 구호를 외치며) 파란!

이선생 그래, 그래.

박미르 사실 저는 학교에 처음 들어왔을 때부터

	대장님을 존경해 왔습니다. 하지만
	저라는 학생은 대장님께 절대로 인정받을
	수 없는 학생이라고만 생각했었습니다.
이선생	그래, 그래.
박미르	이제 더 이상 인정받으려고 노력하지
	않을 겁니다. 있는 그대로의 저를
	받아들여 주신 이종민 대장님께
	그냥 너무나 존경하고, 그냥 너무나
	감사드린다는 말씀을 전하고 싶었습니다.
이선생	그래, 그래. 알았다. 고맙다. 늦었으니까
	얼른 집에 들어가. 부모님 걱정하시잖아.
박미르	네, 이종민 대장님.
이선생	학교에서 보자.
박미르	네, 이종민 대장님.

미르, 나가다 말고 다시 뛰어 들어와서 이선생의 품에 안긴다.

박미르	대장님, 무례하게 죄송합니다.
	존경합니다. 너무나도 존경합니다.
	(이선생에게 입을 맞추며) 사랑합니다.
	저는, 그리고 저희들은 대장님의
	것입니다.

놀란 이선생. 뛰어 나가는 미르. 다른 공간에서 세인은
박선생을 따라가고 박선생은 세인을 피해 걸어간다.

박세인	(절실하게) 선생님! 선생님!
박선생	(짜증을 내며) 알았어. 알았다고, 세인아!
박세인	선생님이 제 말을 안 믿어 주시면 아무도
	제 말을 안 믿어 줄 거예요.

박선생	그래, 그래. 네 말이 무슨 말인지 알겠어. 그래서 나도 알아봤는데, 네가 수업에 제대로 참여하지 않았다며?
박세인	아니에요, 선생님! 그게 아니라….
박선생	다 알아봤어. 그랬더니 다들 네가 잘못했다고 하던데?
박세인	아니에요. 선생님. 사람들이 다 같이 짜고 저를 모함하는 거라고요.
박선생	다른 아이들은 다들 파란나라에 동참하고 싶다고 난리인데 넌 대체 왜 이러는 거야?
박세인	다들 속고 있는 거라고….
박선생	얘가 진짜 바빠 죽겠는데 왜 이렇게 말귀를 못 알아들어! (담배를 꺼내 물며) 좋아, 은정이는 자신의 공부에 집중할 수 없다고 시에이를 바꿔 달라고 했어. 그런데 너는 대체 뭐가 문제지? 시에이반 옮겨 줄게. 그냥 조용히 옮기고 늘 하던 것처럼 열심히 공부나 해!
박세인	선생님! 이건 그럴 문제가 아니에요. 거기 있는 선생 때문에 아이들이 미쳐 가고 있다고요!
박선생	(소리를 높이며) 박세인, 고집 좀 부리지 마! 얘가 갑자기 왜 이렇게 이상한 짓을 하는 거야? 너 사춘기야? (담배를 꺼내 물며) 지금 파란나라가 학교에 얼마나 긍정적인 영향을 미치고 있는지 알아? 교장 선생님부터 교육청까지 지대한 관심과 애정으로 지켜보고 있다고. 대체 너 혼자 왜 이러는 건데? 뭐가 불만인데?

박세인	선생님, 제발요!
박선생	자꾸 이렇게 공부에 집중 안 하고 학교생활 엉망으로 하면 생기부에 문제 생길 거다. 알겠어?

박선생. 담배에 불을 붙인다. 세인, 나가려다 멈추고,

박세인	선생님, 왜 저를 믿어 주지 않으세요?
박선생	너만 다르니까, 너만 이상하니까, 인마! (사이) 안 되겠다. 다음 주에 부모님 모셔 와! 알겠어?

세인, 뛰어 나간다. 남겨진 이선생과 박선생.
서로 다른 공간에서, 서로를 마주본다.

암전.

11장

밤, 파란군단 아이들만의 아지트 안.

진태가 가운데, 양 옆에 두진과 창현이 서 있다. 가운데 미르가
무릎을 꿇고 앉아 있고 주변에 아이들이 앉아 있다.

김선기   (울먹거리며) 저는 그날 봤습니다.
제 두 눈으로 똑똑히 봤습니다. 이종민
대장님이 지금 얼마나 괴로워하고
계실지 상상도 하기 싫습니다. 박미르는
잘못했습니다.

아이들   파란! 파란! 파란! 파란!

선기는 앉고, 지연이 손을 들고 일어난다.

강지연   (울먹거리며) 저는 박미르를 이해합니다.
저 역시 방탄 오빠들의 빠순이 시절,
감정이 주체가 안 되어 미르와 유사한
행동을 했었습니다. 하지만 후회합니다.
그 행동이 상대에게 얼마나 불쾌한
감정을 주었을지 이제는 이해가 되기
때문입니다. 나의 선망의 대상을 통해
인정하기 싫은 나 자신을 숨기고자 했던
철없던 저의 행동을 반성합니다. 하지만
박미르의 잘못은 명백합니다.

	분명 큰 잘못을 했습니다. 이종민 대장님은 박미르 개인의 것이 아니라 우리 모두의 것이기 때문입니다.
아이들	파란! 파란! 파란! 파란!
김진태	박미르 양! 자신의 잘못을 인정합니까?
박미르	(울먹거리며) 인정합니다. 저 때문에 여러분 모두에게 상처를 드리게 된 점 진심으로 사과 드리고 싶습니다. 파란나라에 누를 끼치게 된 점, 죄송합니다. 진심으로 죄송합니다. 파란!
김진태	그럼 지금부터 박미르 양의 정화의 시간을 갖겠습니다.

미르, 울면서 자신을 때린다. 스스로 용서가 될 때까지 자신을 때린다.

김진태	그만! 그럼 지금부터 박미르 양이 정화가 됐다고 생각하시는 분들은 의식을 진행해 주십시오.
아이들	(한 명씩 미르에게 다가와 안아 주며) 널 용서할게.

모든 의식이 끝나면,

박미르	감사합니다. 진심으로 감사드립니다. 여러분 덕분에 저는 정화되었습니다.

아이들, 박수를 친다. 미르, 자리로 돌아간다.

김진태	자, 그럼 두 번째 안건으로 넘어가도록

하겠습니다.

전수빈	이미 알고 계시겠지만 저번 주에 박세인 양이 페이스북에 우리 파란나라를 비방하는 글을 올렸습니다.
홍승안	사실관계 여부를 파악하지 않은 박세인 지인들의 무차별한 댓글 공격 테러와 좋아요, 공유 횟수가 늘어나고 있습니다. 파란나라의 명예가 실추되지 않도록 시급하게 공식 대응을 했으면 합니다.
김선기	이종민 대장님은 어떤 의견을 주셨나요?
김진태	이종민 대장님은 페이스북을 하지 않으십니다. 걱정시켜 드리지 말고 우리끼리 해결하죠.
전수빈	솔직히, 지금! 박세인은 피해자 코스프레로 머리 쓰고 있잖아요! 자기만 피해자다. 집단에게서 개인이 피해를 받았다. 이렇게 되면 일반적으로 불리해지는 건 다수 아닙니까?
김선기	무엇보다 세인이가 평소에 워낙 팬찮은 친구였으니까, 사람들은 얼마나 억울하면 페북에 글을 올렸겠냐 하겠죠.
김정화	(갑자기 화를 내며) 솔직히! 노력해 봤습니다. 그런데 세인이가 내 말을 듣지 않아요. 저보고… (한숨) 미친놈이래요. 왜 파란나라가 이상한 걸 인정하지 않냐고! 탈퇴하지 않으면 다시는 볼 생각 하지 말라는데, 이게 그럴 문제가 아니잖아요!
강지연	(흥분하며) 대체 왜 페북에 글을 올려서 일을 공론화 시키는 거죠? 비겁하게!

김진태	강지연 양! 흥분을 가라앉혀 주세요. 이성적으로 생각하고 합리적인 판단을 해야만 합니다. 박세인을 도와줘야 합니다. 그것이 파란나라니까요!
전수빈	세인이는 우리 파란나라 공식 계정을 통해서 이야기를 한 것이 아니라 지극히 개인적인 계정으로 자신의 이야기를 했습니다. 많이들 보셨잖아요. 페북에 일기 쓰는 사람들.
이창현	관심충들.
전수빈	그래서 전 절대 파란나라가 공식 입장으로 대처할 문제가 아니라고 생각합니다. 우리는 떳떳합니다. 우리가 이렇게 흔들리는 것은 박세인에게 이용당하는 겁니다. 그래서 가장 날카로운 대처는 무관심이라고 생각합니다.
아이들	(격하게 동의하며) 파란! 파란! 파란! 파란!

전환.

12장

밤, 파란군단 아이들만의 아지트 밖.

아지트 안에서 다양한 종류의 〈파란나라〉 클럽 음악이
흘러나온다. 많은 아이들이 두진과 창현에게 흰 옷과
파란카드를 확인 받고 아지트 안으로 들어간다.
어느 정도 마무리가 되면,

김두진   형님! 오늘은 제가 마무리할게요,
                먼저 들어가세요.
이창현   아니야.
김두진   저번에는 형이 마무리하셨잖아요.
                이번에는 제가 할게요.
이창현   알았어. 고마워. 먼저 내려갈게.
김두진   네, 형.

창현이 들어간다. 형준과 태영이 뛰어온다.

김형준   뛰지 마, 병신아. 쪽팔리니까.
이태영   늦었어. 빨리 와!
김두진   (형준과 태영을 보고) 왜 이제 왔어!
                빨리 와!

반갑게 인사하는 형준, 두진, 태영.
그때 밖으로 나오는 재성과 주영.

권주영	두진아!
하재성	왜 안 들어와!

재성을 보고 놀라는 형준, 두진, 태영.

하재성	뭐냐!
이태영	(친절하게) 재성아, 안녕? 오늘 파란나라 전체 집회 있다고 해서 왔어.
하재성	어떻게 알았어?
이태영	페북에 올라와 있던데? 두진이랑 주영이한테 허락 받고 온 거야!
김두진	어, 맞아. 재성아.
권주영	나랑 연락했어.
이태영	아! 그리고, 재성아! 형준이가 너한테 할 말 있대!

형준을 재성 쪽으로 끌고 가는 태영.

김형준	미안했다. (사이) 미안했다고, 인마.
하재성	나도 미안했다.
이태영	뭐하는 거야, 덩치는 산만 한 것들이! 아, 빨리 친구끼리 악수하고 화해해!

재성과 형준, 서로 악수하고 화해한다.

하재성	흰 티는?

형준과 태영, 옷 안에 입은 흰 티를 보여 준다. 웃으며 들어가는 아이들. 갑자기 비명을 지르며 뛰어 나온다.

이창현	(칼을 아이들에게 겨누면서) 다 죽여 버릴 거야! (사이) 놀랐냐? 장난이야!
이태영	놀랐잖아, 씹새끼야!
권주영	형, 형. 그거 일로 줘. (받는다) 아, 뭐 이런 걸 가지고 다니고 그래!
이창현	(수줍게 웃으며) 멋있잖아! 난 파란나라 지킬 거야.
김형준	아, 이 새끼 이거 완전 또라이네.
권주영	야, 형님한테 반말하지 말라니까!
김형준	어, 미안!
김두진	야야, 예전에 너네가 알던 껌돌이 형이 아니라고!

다시 들어가는 아이들. 정윤이 들어가려던 재성만 끌고
나오면서,

양정윤	하재성! 잠깐만, 얘기 좀 해. (사이) 페북 봤어?
하재성	아니.
양정윤	장난 아니야. 완전 우리 파란나라로 도배됐다. 인스타도 장난 아님! 우리 대박 스타 된 것 같아. 회사에서도 사장이 나 불러서 말했다. 우선 파란나라 열심히 활동하라고. 그러면 데뷔할 때 훨씬 더 편해질 거라고! 나 진짜 완전 열심히 해서 우리 파란나라 더 열심히 알릴 거다. 그럼 나도 유명해지고 파란나라도 유명해지고 일석이조! 일거양득! 꿩 먹고 알 먹고!

하재성	(놀라며) 이야, 네가 그런 말을 아냐?
양정윤	왜, 나도 알 건 다 알거든?
하재성	할 얘기가 뭔데?
양정윤	솔직히 답답해서 이제 못 참겠어. 너 나 좋아하지? (사이) 나는 너 좋아하는데? (사이) 나 지금 좆나 자존심 깔고 용기내서 말하는 거거든?
하재성	알아.
양정윤	너 내가 너 좋아하는 거 좆나 영광인 줄 알아야 돼. 나 좆나 잘나가는 기획사 연습생이고, 집도 좀 살고, 쫓아다니는 남자들도 많고, 그리고….
하재성	알아. 너 예쁜 거.
양정윤	(굉장히 좋아하며) 알아? 나 예쁜 거 알아?
하재성	대가리가 꼴통이라서 문제지만.
양정윤	나 이제 안 참을래. 너 내 거 할래?
하재성	아니, 네가 내 거 해라.

좋아하는 정윤에게 다가가려는 재성, 갑자기 세인을 발견하고 놀라서 정윤을 밀친다.

양정윤	왜? (세인을 보고) 이런 씨발 년이!
하재성	(안으로 들어가며) 나 들어갈게. 알아서 처리해.
양정윤	재성아, 재성아! (세인에게) 씨발 년이! (재성에게) 재성아, 애들 좀 불러 줘!

사이.

양정윤	왜 왔냐?
박세인	정윤아, 나도 들어가게 해주라!
양정윤	네가 저길 왜 들어가?
박세인	생각 많이 했어. 내가 진짜 잘못했어. 애들한테, 그리고 대장님한테 꼭 사과하고 싶어.
양정윤	대장님 여기 안 계시거든?
박세인	어, 알아! 너네랑 먼저 사과하려고 온 거야!
양정윤	그러니까 작작 좀 하지. 이게 무슨 꼴통 짓이냐?
아이들	정윤아! 왜?

여자 아이들, 세인을 발견하고 경계한다.

박세인	(수빈에게 선뜻 다가가지 못하고) 수빈아!
양정윤	수빈아, 얘가 사과하러 왔대!
김선기	헐!
박미르	대박!
김보경	또라이!
전수빈	세인아. 이제 와서 그러면 뭐해? (사이) 늦었어.
박세인	수빈아, 내가 생각이 짧았어. 그때는….
강지연	사람은 때라는 게 있는 거야, 세인아.
전수빈	너, 정화가 얼마나 상처 받았는지 알아? 어떻게 인간이 사람한테 그딴 식으로 대하니? 정화가 엄마, 아빠 돌아가시고 너한테 얼마나 의지하고 기댔는지 알면서. 애가 울더라. 몇 날 며칠을 울었어. 알아? 넌 정화 만날 자격도,

우리 만날 자격도 없어.

박세인   얘들아, 내가 미안해. 내가 사과할게.
            진심으로 미안해.

김선기   노파노답이다. 네가 맞다며, 우리가
            틀렸다며?

강지연   우리가 널 어떻게 믿어, 또 페북에
            올리면 어쩌려고?

박미르   말조심해. 또 무슨 소설 쓸지 모르니까.

양정윤   녹음기 없나?

김보경   (세인의 몸을 뒤져 보며) 너 진짜 녹음기
            없어? (사이) 없다.

박세인   얘들아, 미안해. 내가 진짜 잘못했어.
            나 한 번만 용서해 줘. 내가 진짜 잘못한
            거 아는데, 나 진짜 혼자 되는 거 너무
            싫어. 무서워. 다시는 안 그럴게. 한 번만
            용서해 주라!

아이들, 모두 세인을 밀어낸다.

전수빈   박세인! 파란나라, 감히 너 같은 애가
            들어올 수 있는 데 아니야. 알겠어?

아이들, 세인을 남겨두고 들어간다.

전환.

13장

낮, 학교 안 강당 밖/안. 게임 5주차.

훨씬 더 많아진 학생들이 흰색 티를 입고 서 있다.
구호를 외치며 이선생을 환호하는 아이들.
강당 밖에서 이야기를 나누는 이선생과 정화.

김정화	파란! 대장님. 지금 애들 완전 흥분해 있어요!
이선생	그래. (사이) 너는 요즘 어떠니?
김정화	행복합니다. 다시 태어난 기분입니다.
이선생	할머니는 좋아지셨어?
김정화	많이 좋아지셨습니다.
이선생	난 네가 참 멋지다. 부모님 그리울 텐데 힘든 내색 한 번 안 하고 늘 선생님 말 잘 듣고 잘 따라 줘서 고마워.
김정화	에이, 아닙니다. 이종민 대장님. 오히려 제가 더 감사하죠. 공부고 뭐도 다 때려치우고 진짜 막 나가려고 할 때 대장님이 안 잡아 주셨으면 저 진짜 큰일 났을 걸요?
이선생	우리 게임 처음 시작할 때 기억나니?
김정화	그럼요! 기억합니다.
이선생	너는 독재와 전체주의가 한국에서도 충분히 일어날 수 있다고 주장했었지.

	맞나?
김정화	네, 맞습니다.
이선생	그럼 지금 우리에게 일어난 현상을 멈춰야 한다는 사실에 동의하니?
김정화	무슨 말씀이신지 모르겠습니다.
이선생	이게 바로 우리가 우려했던 상황이잖아. 전체주의의 폐해. 우리들의 과한 긍지와 자부심으로 이제는 넘어선 안 되는 선까지 넘어 버렸고.
김정화	(사이) 왜 그렇게 생각하시죠?
이선생	이제 이 혁명을, 이 게임을 멈춰야 할 것 같다.
김정화	말도 안 돼요. 이종민 대장님. 왜 멈춰야 하죠? 어떻게 멈춰요?
이선생	내 손을 벗어났다. 이제 더 이상 통제할 수가 없어. 게임이 진행될수록 나도 모르게 게임의 일부가 되어 가고 있었어. 너네가 충성하는 모습을 보면서 즐기고 또 즐기면서 독재자의 역할에 빠져들었어.
김정화	저는 그렇게 생각하지 않습니다. 이종민 대장님.
이선생	정신 차려. 김정화. 지금 크게 착각을 하고 있어. 알잖아. 우리가 말하는 파란나라 같은 건 없어. 우리가 꿈꾸는 세상은 어디에도 존재하지 않아.
김정화	(멱살을 잡으며) 어떻게, 대장님이 저희에게 그렇게 말씀하실 수 있죠? 어떻게….

이선생, 정화의 뺨을 때린다.

이선생　　　　정화야. 어쩌다 여기까지 왔는지
　　　　　　　모르겠다. 무섭다. (사이) 세인이가
　　　　　　　죽었다. 자살을 했어.

놀라서 주저앉는 정화. 점점 더 커지는 아이들의 함성.
천천히 아이들에게 걸어가는 이선생. 아이들 앞에 서면,

김진태　　　　파란선언!
아이들　　　　파란선언!
　　　　　　　하나, 우리 파란군단은 공동체 속에서
　　　　　　　조화를 이루며 평등을 구현한다.
　　　　　　　하나, 우리 파란군단은 책임감을 가지고
　　　　　　　자주적으로 문제를 해결한다.
　　　　　　　하나, 우리 파란군단은 자유에 따르는
　　　　　　　책임과 의무를 다하고 사랑과 정의를
　　　　　　　위해 봉사한다.
　　　　　　　하나, 우리 파란군단은 파란나라를
　　　　　　　만들기 위해 언제나 파란혁명을
　　　　　　　지지한다. 파란!
이선생　　　　우리는 무에서 유를 창조했다. 이제는
　　　　　　　그 누구도 우리를 막을 수 없다. 오늘
　　　　　　　드디어, 전국파란나라혁명단이 결성됐다.
아이들　　　　(환호하고) 파란! 파란! 파란! 파란!
이선생　　　　이게 모두 너희들 덕분이다. 너네도
　　　　　　　알다시피 지금 우리나라는 심각한
　　　　　　　위기의 상황이다. 부정과 부패, 차별과
　　　　　　　불평등, 자본과 권력의 탐욕 속에 사람이
　　　　　　　사람답게 살 길을 잃어 가고 있다.

그래서 우리 전국파란나라혁명단은
우리의 파란혁명을 전국 모든 곳으로
확대하여 위기에 빠진 이 나라를
구하기로 했다.

아이들　　　　　(환호하고) 파란! 파란! 파란! 파란!

이선생　　　　　자, 지금부터 썩어 빠진 이 세상을
새로운 세상으로 바꿀 우리의
전국파란나라혁명단을 공개한다!

아이들　　　　　(환호하고) 파란! 파란! 파란! 파란!

히틀러와 열광하는 독일 국민들의 영상이 나온다. 달라지는
아이들의 얼굴. 영상이 끝나자 웅성거리는 아이들.

이선생　　　　　어떤가? 뭘 느꼈는가? 저 성난 군중들과
여러분의 차이를 느꼈는가? 여러분은
혹시 우리의 첫 시작을 기억하는가?
2016년 대한민국의 우리도! 파시즘
실험에 동참을 했고 나치 시대에
독일인들이 그러했던 것과 같이 우월관을
자발적으로 형성시켜 독재와 전체주의를
재현했다. 그리고 그 독에 빠졌다. (사이)
이로써 우리는 우리의 파란나라 게임을
종료한다.

당황하는 아이들.

이선생　　　　　파란나라는 끝났다.

권주영　　　　　그럼 우리 뭐해요?

홍승안　　　　　뭘 어떻게 해야 하죠?

114

화를 내기 시작하는 아이들. 정화가 걸어 들어온다.

이선생	박세인을 기억하는가? 박세인! 세인이가 죽었다. (사이) 세인이가 자살을 했다.

놀라는 아이들.

이선생	우리에게 일어났던 일들을 곱씹어 보고 철저히 반성하여 다시는 이런 일이 발생하지 않도록 노력해야 할 것이다. 다들 고생했다. 파란나라는 끝났다.
김정화	(사이, 큰 소리로) 대장님은 배신자입니다.
이창현	(사이) 파란나라를 아직도 게임으로 생각하고 계셨습니까?
전수빈	우리는 이제 파란나라 없이 살 수 없습니다.
김두진	파란나라는 우리가 살아가는 이유입니다.
이선생	진정하고, 천천히 다시 생각해 보자.
하재성	뭘 더 어떻게 생각을 하라는 건가요?
김형준	우리는 더 이상 흔들리지 않습니다.
권주영	우리는 파란나라를 만들 것입니다.
이선생	우리가 생각했던 파란나라는 실제로는 존재하지 않는다.
김보경	우리라고 말씀하지 마세요.
강지연	그건 철저히 대장님 생각이십니다.
김선기	우리와 대장님은 전혀 다른 존재들입니다.
이선생	(소리를 지르며) 정신 차려, 얘들아! 우리가 세인이를 죽였어. 알겠니? 우리가 박세인을 죽였다고!

사이.

김정화	저희는 세인이를 죽인 적 없습니다.
전수빈	세인이는 스스로 죽음을 선택한 것입니다.
김진태	대장님은 우리와 다른 생각을 가지고 있는 것 같습니다.
김두진	더 이상 대장님은 우리의 대장이 되실 자격이 없는 것 같습니다.

미르, 다가가 이선생을 안아 준다.

이선생	그래, 미르야. 네가 나를 도와줘야겠다. 선생님을 도와 친구들에게 이제 우리의 파란나라를 끝내도록 설득하자.
박미르	(비난하며) 대장님은 파렴치한 배신자예요.
이선생	미르야.
김정화	(이선생의 뺨을 때리며) 더 이상 한 마디도 내뱉지 마십시오.
이선생	(놀라며) 정화야.
양정윤	(이선생의 뺨을 때리며) 왜 책임지지도 못할 일을 벌이셨어요?
이태영	(이선생의 뺨을 때리며) 대장님도 다른 어른들과 다를 바 없는 거짓말쟁이입니다.
하재성	(소리를 지르며) 여러분! 우리의 대장님은 안타깝게도 미쳐 버리셨습니다.
김형준	더 이상 우리를 이끌어 주실 수 없을 것

같습니다.

아이들	파란! 파란! 파란! 파란!

재성과 두진, 이선생을 두들겨 팬다. 아이들도 동참한다.

김진태	(이선생을 일으키며) 대장님. 눈을 떠서 우리를 보십시오.
김보경	우리는 더 이상 바보가 아닙니다.
강지연	대장님이 우리의 눈을 뜨게 해주셨어요.
이창현	(이선생의 뺨을 토닥이며) 고생하셨습니다. (칼을 꺼내 이선생을 찌르고) 배신자를 처단하라.
아이들	처단하라! 처단하라! 처단하라!

이선생, 쓰러진다. 아이들의 함성.

전수빈	배신자들은 처벌을 받았습니다!
이창현	(소리 지르며) 리더가 바뀔 때마다 달라지는 세상에 억지로 맞춰 가며 살지 맙시다.
김두진	우리는 우리가 원하는 세상을 살기 위해 그에 걸맞는 리더와 함께할 권리가 있습니다.
하재성	아니면 바꿉시다! 힘은 행동하는 자들의 것입니다.
김정화	파란나라는 계속 된다!
아이들	(환호하고) 파란! 파란! 파란! 파란!

아이들은 미친 듯이 구호를 외친다.
한 명이 동요 〈파란나라〉를 울부짖으면서 부르기 시작하자

다 같이 따라 부른다. 아이들의 모습은 마치 화가 나서 군가를 부르는 군인들 같다. 노래를 부르는 아이들의 얼굴에는 무너질 것 같은 파란나라를 꾸역꾸역 지켜내고 싶은 의지가 보이는 듯하다. 울면서 절규하는 아이들. 위태롭다.

아이들   파란 나라를 보았니.
             꿈과 사랑이 가득한.
             파란 나라를 보았니.
             천사들이 사는 나라.
             파란 나라를 보았니.
             맑은 강물이 흐르는.
             파란 나라를 보았니.
             울타리가 없는 나라.
             난 찌루찌루의 파랑새를 알아요.
             난 안델센도 알고요.
             저 무지개 넘어 파란 나라 있나요.
             저 파란 하늘 끝에 거기 있나요.
             동화책 속에 있고 텔레비전에 있고
             아빠의 꿈에 엄마의 눈 속에
             언제나 있는 나라.
             아무리 봐도 없고 아는 사람도 없어
             누구나 한번 가보고 싶어서
             생각만 하는 나라.
             우리가 한번 해봐요
             온 세상 모두 손잡고.
             새파란 마음 한마음, 새파란 나라 지어요.
             우리 손으로 지어요, 우리들 손에 주세요,
             손!

암전.

14장

몇 주 후. 낮. 학교. 상담실.

박선생과 승안이 마주보고 앉아 있다.

홍승안   (목소리만) 세상에 성공하고 싶지 않은
사람이 있을까?
모든 것이 끝나고, 우리 모두는 침묵했다.
그것은 평생 가지고 갈 슬픈 비밀이었다.
그런데 나는 그 슬픈 비밀을 영원히 지킬
수 없었다.

홍승안   솔직히, 잘 모르겠어요. 저는
전학생이었잖아요. 철저히 외부인의
입장이었고 따라갈 수밖에 없었어요.
(울먹이며) 제가 거기서 뭘 더 어떻게 할
수 있었을까요?

승안, 통곡을 한다. 박선생, 승안을 달래며

박선생   아니야, 승안아. 아니야. 너는 충분히
해야만 하는 일을 했어.

승안의 계속되는, 억울한 듯한 울음 소리.

암전.

이음 희곡선
파란 나라

지은이　　김수정
펴낸이　　주일우

처음 펴낸 날
2016년 11월 16일
초판 3쇄
2023년 7월 31일

펴낸곳　　이음
출판등록　제2005-000137호 (2005년 6월 27일)
주소　　　서울시 마포구 월드컵북로1길 52, 운복빌딩 3층
전화　　　02-3141-6126
팩스　　　02-6455-4207

전자우편
editor@eumbooks.com
홈페이지
www.eumbooks.com
인스타그램
@eumbooks

ISBN 978-89-93166-74-3 04810
　　　978-89-93166-69-9 (세트)

값 7,000원

*
이 책은 서울문화재단 남산예술센터와 협력하여
제작하였습니다.
*